# 然後，生日快樂

橘子作品30

*Then, Happy Birthday*

# 【自序】第二寫作人生的開始

滿久以前我曾經這麼告訴過編輯：從寫下第一本書開始我挫敗了五年，所以如果我能被支持五年，那就公平了，很滿足了，就算是這麼結束了、被大家徹底遺忘了也沒有關係。我這人一向不貪心。

可是就這麼寫著寫著，如今都十五年超過了。

這幾年我總想著要寫以往橘書慣常筆法之外的什麼，可是我不知道那是什麼。

然後是那一年，因緣際會出版人生中第一本散文圖文書，這對於我自己而言是個相當需要勇氣的全新嘗試：我既是個中生代作家但同時卻又有種新人作家的感覺；在寫寫畫畫的過程中發生很多被氣到笑出來的經歷，後來都變成相當美好的回憶。確實是相當美好的回憶。

然而就是在那樣相互衝撞但同時溝通和解的情緒起伏過程當中，我想到了這本書的概念以及寫法，也因此累積相當多的靈感，只是忙著一直沒能動筆，我是那種一次只能做一件事情的個性，想來還真是不太拉風。

當忙到一個段落之後，我全心寫下這本《然後，生日快樂》，以一種自己也驚訝的火力全開速度寫作，前後大概六週左右的時間，彷佛只為了寫這本書而活的六週左右；感覺好像真的回到從前，從前那個被文字帶領著往前走的自己，那個沒沒無聞但卻依舊專注寫作的自己。

這是一本對我而言全新寫法的小說，由看似單獨存在、但其實是前後相關的故事所串連成為的小說，小說裡都有一個配角會變成下一章節的主角，感覺有點眞實人生的意味：**我們都是自己人生中的主角，但也，都只是別人生命中的配角**。我是這麼覺得的。

我把這本書視爲第二寫作人生的起點，感謝的話在很多橘書的序裡已經寫過多次，所以這次就不再互相道謝，都陌生的老朋友了、對於支持我好久的你們而言，但這次我想說的是：希望你們會喜歡這本書，由衷的希望。

橘子

「妳住的城市下雨了，很想問妳有沒有帶傘？可是我忍住了，因爲我怕妳沒帶傘，而我又無能爲力，就像是我愛妳，卻給不足妳想要的陪伴。」

——宮崎駿

# 第一章 0．01公分的距離

那種
彷彿一起經歷過什麼
的感覺

「小新的主人？」

手裡拿著狗的病歷夾，對著候診大廳我喊出這句話，然後有個女生牽著一隻相當笨重的英國鬥牛犬攔截住我的視線；她聲音低低的，臉上是一副累壞了的神情，而狗的身形浮腫，不是因爲過度餵食而發胖的腫，而是明顯生病了的那種，不需要我這個獸醫系研究生的經驗也能一眼看出是生病了的浮腫。

這裡是大學附設獸醫院的心臟科特別門診，醫生是這地區心臟科的權威，必須先預約才能看診，通常會出現在這裡的都是重病或被轉診的貓狗，而此刻我眼前的這隻英國鬥牛犬也是。

我快速看過手中厚厚的病歷夾，我如常的問了她幾個問題，我看著她冷靜仔細並且條理分明的描述，我忍不住猜測這番話她可能已經說過不止一次。她說起來很熟練的樣子，而且還熟門熟路的先帶狗把體重量好了。

牠聽起來狀況不妙，看起來也是。

「之前在診所拿藥給牠吃了一個月，利尿劑和抗生素，水腫沒有改善但也沒有惡化，所以診所醫生就建議先停藥看看，可是停藥之後的這半個月水腫就開始惡化了。」

「所以牠半個月就重了兩公斤？不對勁。」

「嗯。」

初步問診完之後，我請她稍等，轉身回到診間拿了一張問卷請她勾選。

「我養了牠四年，這還是第一次看到這種問卷。」

她聲音小小的說，同時試著微笑一下，只是不太成功。

那是一份問題相當瑣碎、瑣碎到足以讓填寫者一看便能有心理準備的問卷，四年前我也曾經寫過這種問卷，不過當時是在大醫院裡，而問卷的對象是父親，父親當時狀況已經惡化，所以便由我來代填。

剛好也是四年。

或許是她話裡的這字眼捉住我的注意力，我於是趁著她勾選問卷的空檔默默觀察起她：絕大多數的問題她都明快勾選，給人一種此人做事果斷的爽快感，而少數幾個問題她有點遲疑，但她沒開口問我，通常飼主在那幾個問題都會開口問我，有的還問了不少。

我忍不住想起那一年在大醫院裡勾選問卷的自己，我那時候也有很多很多的疑問，但結果我都選擇不問，不確定自己想不想面對是原因，並且我很害怕聽了回答之後會開始哭，一個大男生在公開場合嚎啕大哭似乎不是什麼好畫面，尤其父親人正虛弱的坐在我的身邊，我要是哭了、他該會有多麼無助？

我忘不了那一年獨自坐在診間聽著醫師說出一個又一個壞消息、但是起身推開診間大門走向就坐在候診區的父親時，表情心情都必須立刻從打擊轉換成爲沒事的短短幾秒鐘時間；那無數的幾秒鐘時間隨著父親終究病逝而終止，直到父親臨終之前，他都不想討論或者了解他自己的病情。

逃避或許眞的是一種面對。

「好了。」

她的聲音把我從思緒拉回現實，接過她遞給我的紙筆，我快速的瀏覽。不妙。還是這感覺，而且越來越明顯；她應該心裡有數吧？病歷表上記載著這是一隻患有先天性心臟病的狗，從幼犬時期就開始帶來這裡看診檢查並且按月拿藥，就狗狗心臟缺損的程度來看，能活到現在已經幸運。

她上星期才來拿過心臟病的藥，一次拿一個月的份。我注意到這一點。

「我先幫牠觸診。」

我說，然後蹲下去摸了摸狗的脖子安撫，而她幾乎是同一時間就跟著蹲了下來，可能是蹲的速度太快、於是我們之間的距離因此靠得太近，近得幾乎只剩下0．01公分。

「牠會咬人。」她看著我的手，神情驚慌的提醒，「呃，不過今天看起來應該不會，牠很不舒服。」

牠很不舒服。這句話讓她稍微沉默了一會，然後，像是要把情緒從這句話轉移開來似的，她開始解釋：

「那時候就是因為牠會咬人而且還咬過不止一個人，所以後來都變成我自己來幫牠拿藥，我是掛別的醫師門診，比較不用等太久。你們的診都要等好久。」

「沒關係，我們遇過很多會咬人的狗，已經很知道該怎麼躲。」

我試著半開玩笑安撫她的緊張，而她則試著給我一個微笑，這次的微笑比較成功。

「那，我帶牠進診間檢查，妳這裡稍候。」

「需要我一起進去嗎？保護你的安全，牠尤其專咬男人，其實你剛剛直接摸牠的動作害我很緊張。」

「不用啦。」

我裝出一臉開朗的樣子但是眼角餘光開始掃瞄狗的表情，同時在心底祈禱此刻手邊就有個伊莉莎白項圈給狗套上脖子、好讓牠就算張開嘴巴也咬我不到；這種英國鬥牛犬嘴巴很大、下顎有力，從前是專門訓練鬥牛用的，短短的腿高度剛好讓牠們可以跳上去咬住牛的肚子，強而有力的下顎則能讓牠們緊咬著牛肚子不放，臉上像是故意裝醜的皺紋則是方便牛的血液就算流到牠們臉上也不會滲進眼睛妨礙視線，是這麼一種源自於殘忍暴力的犬種，後來隨著人們比較文明，這殘忍的娛樂也漸漸式微，幸虧有些人就是偏好這種長相的狗，於是漸漸改造培育成爲如今性格溫馴長相憨厚的家庭陪伴犬，如今這種狗的個性通常親人萌呆，但基因畢竟是基因、臉部身體構造也還是相似，若是被這種下顎有力的闊嘴狗咬到可不是什麼好畫面。

不用啦。我說，而她依舊不太放心的點點頭，然後摸著狗厚厚的皮毛，開始用娃娃音跟狗講道理：

「醬醬你要乖乖喔，等一下醫生會給你肉肉吃。」然後，立刻，她轉換回原來的聲音，把手裡始終拿著的零食交給我：

「讓你餵牠、好分散牠的注意力，這幾年我都是這樣帶著牠讓醫生打預防針，我在牠面前一根一根的肉條餵，醫生在後面趕快偷偷給牠打針。你確定我眞的不用一起進去？爲了你安全起見？」

「我確定。」

我說，然後笑了出來。

不知道該怎麼解釋，但我好像眞的可以看見她口中的那個畫面，看起來應該滿好笑的畫面，我是說如果我是旁觀者而不是必須在牠屁股後面趕快偷偷幫牠打針的那個獸醫生。

那是整個下午我唯一笑的時刻，而她也是；那是我們之間最接近的距離：

０．０１公分的距離。

抽血。

驗血。

X光。

心臟超音波。

體型如此笨重的一隻狗，相當浩大的工程，我們總共五個人對付牠。

不妙。

「牠皮下水腫還有腹部積水得很嚴重，所以牠食慾不好但腹部卻相當鼓脹是這原因，而且這會壓迫到牠的內臟器官，我們要先幫牠抽腹水。」

「那會很痛嗎？牠很怕痛。」

「不會，」我騙她，「就像是打點滴那樣，只是反過來而已。」

沒辦法，這個不騙不行。

一管又一管的腹水，很折磨，狗幾乎都要生氣了，但感謝伊莉莎白項圈，牠就算想咬也咬我們不到。這讓牠更生氣。

總共抽出一點八公升的腹水，消耗掉我們將近一個小時的時間，當我牽著狗走出來的時候，我們幾乎都累壞了。今天看起來又要加班了。

「那，你們再稍等一下，待會醫生看完報告之後會跟妳討論後續的治療。」

「好。這個可以拿開了嗎？」指著伊莉莎白項圈、她說，「牠看起來很不高興。」

我於是幫牠解開。

「謝謝你剛剛幫我把狗狗抱起來走，我知道那不是你們應該做的事，而且牠很重，要賴不走的時候我根本拿牠沒辦法。」

雖然是明顯過度溺愛狗的主人，但起碼是個有禮貌的人。我在心底這麼想著，我遇過無理取鬧或者大呼小叫甚至出言恐嚇的飼主可多了，有一次我甚至還站在候診大廳裡被暴怒的飼主當場開罵、罵了好久，只因爲醫生的診太滿而他的狗排不進去，見不到醫生的他、只好找我這個倒楣的研究生遷怒。

我剛才的確沒有義務幫她抱起狗走，而且還是那麼重的狗，會咬人的那一種。

我在心底囉嗦了這一堆，但結果我說的卻只是：

「不會啦。」

接著是一堆報告得看，一堆麻煩得處理，一個又一個飼主得應對，輪到她進診間的時候，已經過了我們應該下班的時間。

一堆壞消息，她坐在診間裡聽到的是這個，醫生很仔細的讓她看超音波影像、X光片和抽血的檢驗報告，她看起來依舊很鎮定的樣子，只是明顯的，那右心室腫大的動態超音波讓她移開視線。

盡可能簡單的解釋所有狀況之後，醫生口語化的下結論：

「牠心臟衰竭了，不過這是可預期的結果。」

這句話彷彿是個引信，終於引爆她壓抑許久的恐懼炸彈。

「妳那時候本來還說牠可能長不大的。」

她先是哽咽著說出這句話，然後接著立刻變成嚎啕大哭，在醫生面前、在我們所有研究生的面前；就像幾個小時前她勾選問卷的姿態那樣、是那種相當痛快的哭法。

她嚎啕大哭著繼續說：

「牠那時候小小一個好喜歡妳，每次才剛進醫院大門就想衝進診間找妳，那時候牠蛋蛋都還沒長出來可就是好喜歡騎妳的腳，牠每次來都要騎妳的腳！」

她語無倫次的說，而醫生則安靜的讓她說。

果眞是經驗老到的學姐，大概是看多了這種崩潰的飼主、早早練就了應對的方式：沉默爲上。她邊哭著邊往包包裡撈著什麼但是眼睛溼溼的什麼也看不清楚，我快手快腳的拿了面紙遞給她。

「謝謝。」

她再一次向我道謝。

相當痛快的哭過之後，她恢復了原先的冷靜：

「好，利尿劑，不，先不要再做其他檢查了，牠已經好累了，而且也過了牠該吃晚餐的時間了，牠每次只要晚點吃飯就會生氣。你們是不是也該下班了？我剛剛就看到其他門診都關燈了。」

學姐同意她的說法，而我們也是，不囉嗦的狗主人，相當明快的決定。我們幫她預約下星期的複診，同時等候領藥單和繳費聯的列印，然後她向我們道謝，然後她牽著狗狗走向已經熄燈的候診大廳。

那一人一狗傷心的背影不知怎的、黏在我的眼底，還揮不走；當我遠遠看著她吃力試著讓狗上車時，我發現自己正在這樣思考：需不需要幫她把狗狗抱上車呢？

///

回家的時候已經晚了，母親都運動完了回來，當我脫下安全帽、透過窗戶看到如今只剩母親獨自坐在客廳裡看電視的畫面時，突然覺得她好孤單。

「你今天這麼晚喔？」

母親說，隨手關了電視，然後接過我的背包；以前父親下班回到家時，她也總是這個動作。

「妳還沒吃喔？」

看著餐桌上完整的飯菜，我有點不太高興。

「都跟妳說過幾次了？不要等我啊！妳胃食道逆流要按時吃飯啦！」

「好啦。」母親擺擺手要我別再囉嗦了，「一個人吃飯不好吃，反正明年你正式當獸醫生以後，我就不會再等你啦，到時候下班都幾點了。」

「妳喔。」

「去洗手啦。」

「好啦。」

看著母親站在廚房爲我們添飯的背影時，很奇怪的，我突然又想起了今天遇到的那個女生，不知道他們下星期會不會來複診呢？我後來看到狗是自己走上車的、她只是在後面推著狗屁股而已，所以應該還會再見到她和狗吧？狗的名字叫小新，我記得，病歷上寫的是這名字，她在對別人提起時說的也是小新，可是當她直接對狗說話時，喊的卻是：醬醬。所以那隻狗到底是叫什麼名字？

搖搖頭，我不知道自己突然納悶起這個是怎樣。

無聊。我在心底嘖了自己一聲，可是思緒卻有自己的想法，我忍不住繼續想著：

心臟衰竭並沒有立即死亡的風險啦，而且我們也有治療心臟衰竭的藥喔。我想到那時候我好想這麼告訴她，可是我忍住了沒有說，我只是站在旁邊看著她傷心哭泣、然後搶先一步遞了面紙給她，只是這樣而已。

如果時間可以倒回的話，我眞希望自己當時就把這句話告訴她，那麼會不會，她就可以少傷心一點？

不知道明年這時候的我、會是在哪裡當獸醫師呢？

不知道未來的我會不會是個好醫師呢？

///

他們準時抵達獸醫院。

這次狗不再是自己走進來了，而是她在後面吃力推著狗屁股一步一步移動。

牠惡化了，急速的。

而這次我也沒再喊出「小新的主人？」這句話，我直接攔截住她的視線：

「牠還好嗎？」

她搖頭，我看見她眼睛腫腫的，我聽見她依舊冷靜仔細並且條理分明的說：

「這兩天又不對勁了，昨天晚餐只吃一點點，今天連早餐都不吃了，精神很差，本來牠好喜歡坐車兜風的，可是剛剛路上牠好累的樣子，我差點都想掉頭回家了。」她越說越快，然後，突然停了下來，像是抱歉似的、補充說道：「不過上星期回去之後牠好很多，吃掉我好多肉條，而且又開始囂張對著路人汪汪叫。牠心理不是很正常，如果你們有身心科的話，我大概也會帶牠來看，我有幫牠請過家教導正行爲，可是沒用，是隻連家教都放棄的心理不正常的狗喔。」

我判斷不出來這是她在開玩笑還是在認眞說，我在這一方面一向不太靈光。

我說：

「嘿，沒關係。」

「我知道。」

她說，然後別開臉，再也說不出話來。

那是一種很奇怪的感覺，在這之前我們只見過一次面大約三小時，而話題都是這隻狗以及牠的病，可是此時我們之間卻有種情感的連結，那種：我們已經是朋友，而且**一起經歷過什麼**、的熟悉感。

莫名的。

嘿！沒關係。我在心底又這麼對著她說了一次，然後：

「那，我先帶牠進去做檢查？」

「牠可能沒力氣走了，牠很累……」

「那，我去推推車？」

「這次可以抽血就好嗎？牠很累，我不想牠再被折磨了。」

「好。」

牠很累。我注意到她重複了兩次這句話。

觸診。

抽血。

抽腹水。

我們花在牠身上的時間變少了，可是情況卻更棘手了。

「這次只抽了五十cc。」

把狗推出來的時候，我告訴她，但我沒告訴她：就牠的體重而言、這很不對勁，問題可能不只是心臟了。

——心臟衰竭並沒有立刻死亡的風險啦，而且我們也有治療心臟衰竭的藥喔。

上星期我應該把這句話說出口的，因爲此刻她看起來很難過的樣子，況且，這句話也已經來不及了。

好快。

太快。

「對了，牠的名字到底叫什麼？」

「嗯？」

「牠病歷上寫的名字是小新，但我聽見妳喊牠——」

「喔，醬醬。新醬，是日文發音的小新，後來我就直接喊牠醬醬。」

「好。」

好。我找不到話聊了。

我對她依舊一無所知，她的年齡她的職業她有沒有男朋友還是其實已經結婚了？兩個完全陌生的人，都是怎麼開始談戀愛的？

想太多。

「那，我們等醫生看報告？」

「好。」

好。

今天的門診幾乎都是重症的貓狗，癌症、心臟病、動手術……這些，此刻有人在醫院的長廊上放聲哭泣，有人焦急打電話尋找晚上能夠幫他的貓咪開刀的診所，有人在爲她罹癌的狗狗穿衣服，有人在叫計程車，有人則平心靜氣聽著獸醫生宣佈：

「如果牠喜歡吃什麼就讓牠吃吧。」

有時候我會想像這是院方的貼心，刻意把這些重症的科別安排在同一天，讓這些飼主們聚在一起看看彼此，理解生命無常，而他們，並不孤單；會出現在這裡的都是幸運的生命，即使病了病重了，依舊被不離不棄。

而這些，都是懂得愛的人，和生命。

愛。

我帶著血壓計去找他們，純粹是想確定自己有把事情做對。

今天學姐的門診還是很滿，他們等了好久，我在外面的停車場找到他們，我迎來她驚訝的眼神。我解釋：

「我來幫牠量血壓。」

「我不知道狗也有血壓計。」

「有喔。」

還是找不出話題。不靈光。

０．００１公分的距離，這次爲的不是維護我的安全，而是狗的，我反覆量了很多次，狗很不耐煩。

「我習慣多量幾次，比較準確。」

我解釋。

「牠血壓正常嗎？」

「欸。」

我們試著沒事般的閒聊著這些無關緊要的小事，但其實我們都心知肚明血壓正常與否恐怕不是牠目前最大的問題。

「好好好，再量最後一次就好喔。」

我用她的口吻對狗說，然後又一次，然後再一次。

「你不是說最後一次了嗎？」

她質問我，但我的反應卻是笑了出來。

好，我又騙她了，對，我騙的是她不是狗。

我們需要對付的一向是主人不是貓狗，再難纏的貓狗只要一劑麻醉或鎮定就可以，但難纏的主人卻不能給對方一劑；她不算難纏，而且她好像有很容易就相信別人的傾向，還有，她剛剛質問我的口吻很好玩。

０．００１公分的距離，結束。

那些戀人們都是怎麼開始相愛的？

診間。

學姐。

學姐以她一貫冷靜的口吻說起狗的病況，而這次我預先拿好了面紙在手邊，可是這次她沒哭，連聽到肝腫大以及胸腔積水時也沒有。

「內科還沒下班，妳可以再安排一次檢查。」

「我想帶牠回家，牠累了。」

結果，她只這麼說。

牠累了。她今天一直重複這句話。

深愛是讓不捨離開的人好好走。

看著她起身的背影，我想起〈末班車〉這首歌和旋律，還有當年的父親以及我。

確實是個會讓人容易產生情感連結的女人。我發現。

我問她：

「那，要幫妳預約下週的門診嗎？」

她聽著，她想著，她看似有個什麼想問，但想想她還是沒有勇氣問；她給了我一個眼神，那種、我們確實是一起經歷過什麼的眼神。

「不然，預約兩週後好了，請幫我開兩週的藥。」

最後，她說。

她繳費，她拿藥，她帶著牠離開，她抱起牠上車，我遠遠看著這一幕。

「牠很重，要賴不走的時候我根本拿牠沒辦法。」

我想起上星期她曾經這麼好氣又好笑的說。

她這星期是怎麼過的？

愛。

0．01公分的距離，我們之間最接近的距離，而我，還是對她一無所知。

兩個星期之後，她沒來，等了三個小時之後，我趁著跟診的空檔找了狗的病歷表，按著上面的電話打給她，確認了她的名字，我問她：

「小新還好嗎？」

我沒有自我介紹而是直接就這麼問她，因爲她應答的語氣讓我覺得她知道是我，她記得我。

她確實記得我，我的聲音，或許，還包括我這個人。

「小新走了。」

她在電話的那頭淡淡說出這四個字，然後，開始哭了起來，很痛快的那種。

我就這麼安安靜靜聽著她哭。

那天回家和母親吃過晚餐之後，我把自己關在房間裡走來走去，我不知道我在心浮氣躁什麼，我於是把自己帶去洗個澡，然後，我滑開手機在臉書搜尋到她的名字，而她的大頭貼是她和狗的照片。

我看著那個畫面很久，然後繼續又在房間裡走來走去，我開始有點知道自己在心浮氣躁什麼，我於是告訴自己今天早點睡覺好了，然後，我再一次滑開手機，只是，這次我點開的是音樂。我反覆聽著蕭煌奇的這首〈末班車〉，我猶豫了七十首歌的時間，最後，終於，我鼓起勇氣，對她按下了交友邀請的選項。

# 第二章　NT3600的罰單

那種
單方面愛著某人愛得倦了，等也累了
於是選擇了被別人好好愛著
的感覺

都是同一天發生的事情：我看見那則臉書的交友邀請，我收到那張三千六百塊錢的罰單。

那是我經常開車上下班的路，所以我知道哪個路口裝有測速照相機，也知道在哪個路口之前三百公尺左右、所有的車輛都會很有默契地慢下車速給相機測速，然後，再往前兩百公尺左右，大家會不約而同的把油門踩回原來的速度；我始終覺得這一切很荒謬，有種集體犯規作弊而且評審也知道但是所有人都不在乎的無聊感。

無聊。

雖然心底是這麼感覺，不過絕大多數的時候我還是和絕大多數的用路人那樣：慢下速度經過測速相機，然後，再繼續超速駕駛。

但是那一天例外，那一天我心情很差，小新生病的事，感情方面的事，我遠遠看到那台老朋友似的測速照相機卻完全沒有心情理它，我踩著原來的速度繼續馳騁，我遠遠把那些慢下速度的車子們拋在腦後，我因此有種莫名其妙的爽快感：再繼續俗氣的裝模作樣吧、你們。我是有感覺到喀嚓一聲或者閃光燈，但我才不要再理了，我心情差透了。

我在那一天決定了不要再愛著那個人，也決定不要再被這個人愛著了。

男人與男孩。

愛與被愛。

都不要了。

我滑動手指按下接受那則交友邀請、毫不猶豫，我起身出門去便利商店把這一張違規超速的罰單繳了，此刻的便利商店正排著長長的隊伍，大多是買午餐的上班族們，很多人手上都拿著超商便當，有些人則只拿著個御飯糰以及一瓶飲料，咖啡機和微波爐沒停過的運作著，隊伍前進的速度很慢；當我發現自己居然沒有不耐煩的轉身離開、而是安安穩穩繼續排隊時，我突然有點莞爾，是的，莞爾。

我是眞的變了。

我居然沒有直接把罰單拿給會計叫她去繳。

我在一家私人美術館工作。是一家佔地寬廣的美術館，地點有些遠，但風景相當好，寬廣的庭院裡有獨特且繞富興味的裝置藝術，那是熟識的藝術家送給我們的開館禮物；裝置藝術站著的草皮是一看就能夠明白定期由人工精心維護的那種清爽整潔，每個月都花掉我們不少錢、只光是維護草皮這個項目而已；美術館的主體建築是媽咪好幾次飛日本親自邀請大師設計的，我們從不否認許多專程前來的遊客都是衝著大師名聲以及這建築物本身的美感，我們沒有所謂，只是比較傷腦筋那些慕名而來的遊客們（尤其是手拿單眼和腳架的那種）幾乎都挑日落時刻來到，而我們的閉館時間是五點。這裡的夕陽很美，尤其是那個角度，那個角度的美好夕陽照片就放在美術館的粉絲專頁當封面照片。

這大大的美術館裡只有少少不到十位的工作人員，而這數字還是包括附設餐廳的人工，順道一提，我們餐廳的餐食非常難吃，是那種吃過之後保證不會再光顧的那種難吃程度，不過撇開這點不說，設計成玻璃屋造型的餐廳本身還是美的，還是滿多人會選擇坐在這裡喝杯飲料，若是比較熟門熟路的人，還會在這裡等著美好的夕陽落下。

在美術館二樓行政中心工作著的我們除了維持美術館的正常營運以及撥款贊助藝文活動之外，邀請聯絡畫家藝術家們來開個展以及有時候協助佈展才是我們主要的工作；美術館附屬於家族裡的基金會，館內恆常展出爺爺生前的畫作，而負責人登記的是媽咪，身爲董事長女兒的這個身分則讓我感覺到有一點點討厭，所有工作上的人都對我保持著禮貌的安全距離，而業界裡那些懷抱著目的性、意有所圖接近的人也不少。那感覺眞的很惱人。

還有，是的，我知道很多人會在私底下說我是個千金大小姐，不管是確實認識我的或者並不認識的。

大小姐脾氣。

第一個當面對我指出這一點的人是初戀男友，而當時我的直覺反應是生氣，是的我幾乎是聽了之後的下一秒就立刻生氣；我的意思是，被一個富二代公子哥性格、凡事頤指氣使又自命不凡的傢伙認爲我大小姐脾氣？這眞是怎麼想都令人生氣。起碼我不裝模作樣也不勢利眼。

是這麼一段在外人眼中非常門當戶對，無論是家世外表或者年齡習性都登對的兩個人，分手時彼此的反應與其說是鬆了口氣，倒不如直接就說眞是慶幸我們還有分手這選項。

富二代我從小看多了，富四代你大概還沒遇過幾個吧？

記得當時我還如此心高氣傲的認爲。眞的這麼認爲。

「妳跟妳爸眞像，都不愛擺有錢人的派頭，所以我當初才會嫁給他，你們豪門可不好待。」

媽咪說。

媽咪是尋常人家的女兒，儘管嫁進家族的時間早已經超過她人生的一半，但是每每提起家族時，她仍舊習慣以你們代稱而非我們；媽咪幾乎不怎麼跟家族的人往來，生活的重心是美術館的經營運作，親近的朋友依舊是大學同學而非貴太太們，媽咪念舊惜物，至今依舊開著父親那年買給她的賓士車，那輛老車子的維修成本早就遠遠超過當時的購買價格了，可是媽咪依舊固執著不換。

我不記得在那輛老車子裡和父親的互動回憶，儘管媽咪把所有和父親的回憶都牢牢記住了，鎖住了。

父親走得太早，而我是他們唯一的孩子。

「可能就是因爲這樣所以我終究還是把妳寵壞了。」

媽咪經常如此自責，但卻依舊無能爲力的放縱我的任性，我想那大概是因爲她對於父親多出來的愛無處擺放的關係吧。

愛。

開始具體明白媽咪對於父親的那種愛是因爲**那個男人**。

男人的畫作我早有耳聞，只是一直沒認眞到覺得有必須要親自了解，那是她們的工作、我的意思是，我的工作是代替媽咪決定事情；直到有天我在報紙副刊上看到他的專訪以及照片才遲遲被吸引，男人確實有張好看的臉和高瘦身形，但好看的臉到處都有，直白的說我自己也不缺，然而男人的眉宇之間卻有個捉住人心的什麼。我注意到的是這個。

我搜尋他的粉絲專頁，發了訊息自我介紹以及禮貌寒暄，他知道我們美術館還有我們家族的企業，這倒是沒有什麼好意外；我們就著這業界的話題往來聊過幾次之後，我收到他私人帳號的交友邀請和訊息：

「粉絲專頁的訊息功能不方便，我加妳好友。」

我加妳好友。句號不是問號。

我習慣了生活上被別人的對話結尾於禮貌的請求問號而非直接宣示的句號，

我覺得有點新鮮。

愛。

明確的愛意是由加入彼此私人帳號開始。

我看著他臉書上的日常，我的感覺是好玩，因爲和他的畫作反差好大，他的日常囉嗦起勁、隱約有種此人性格機車的感覺，不只是藝術家性格的那種，他的畫和他的人反差得好可愛。愛情的確使人盲目。

而他大概也驚訝我的日常很不千金小姐吧？既不炫富也不奢華，而且每天都在給小新把屎把尿煮飯照護。

「妳每天煮飯給狗吃？」

「嗯，我覺得鮮食比較好，我不信任乾狗糧。」

每個認識我的人都會驚訝這一點，而他也是；實際上小新連洗澡都是由我自己親自動手，因爲牠會咬人。

我們互動友好我們私訊聊天，內容開始由客套寒暄變成熟悉輕鬆但節制，話題主要都是由我主動開頭，我經常什麼都會想到他，變得越來越想跟他聊聊天，而他則注意著我的生活動態也熱絡回應，連貼文的回應都會細看的那種；我知道他對我的感覺是喜歡，可是喜歡分成很多種，而我對他的喜歡很明確是男女之間的那種，我相信他絕對也知道這點，因爲我的愛意明確到連牆壁都能穿透，我不是很在乎女生追男生那方面的事情，難道我應該在乎嗎？

但他就是無動於衷，既不想進一步見面認識，也擅長閃躲感情方面的私話題。

他的外貌他的才華的確必須擅長閃躲女孩們進擊的愛情。

只愛上一個名字是危險的。幾年前我讀過這句話，幾年後我變成這句話。

愛。

開始感覺到挫敗是我們的關係始終停留在網路的互動，他明確想要保持現況，而我卻開始想像起我們一起生活的畫面，我被自己的這個想法撼動，我沒想到自己居然會變成這樣的女生。我以前從來就不是這樣的女生。

我知道這樣危險，可是卻無能爲力的單方面愛戀著他，以及，等著他也愛上我。

愛。

「喂喂，很多人在追我喔，你眞的對我沒有戀愛興趣嗎？或者我們起碼見個面啊，搞不好我就對你沒興趣了喔。」

有時候也想衝動的這樣半開玩笑告訴他，但每次每次都沒有勇氣。

他即將出版畫冊，出版社爲此舉辦見面簽名會，我滿心歡喜告訴他、我也會到場支持的時候，他的反應卻是明顯壓力：

「那，要給妳安排個特別座位嗎？」

我判斷不出這是開個玩笑還是他爲了周到。他幹嘛要對我周到？我只是想要像個朋友一樣到場支持也不行？那是我第一次深刻明白，原來我在別人眼中是個壓力的存在，儘管我對他早已放低姿態。

很低很低。

這半年來多少我有點明白他對我只是喜歡而並不是愛，多少也試著自我調整心態，可是他這反應的確讓我傷心，他並不想要愛我，甚至也不想要見上一面。

挫

敗

愛我不好嗎？

我還是去了那場見面簽名會，會場擠滿他的粉絲排隊簽名合照，我遠遠站在人群外面，而他沒有看見我，人群阻斷他的視線，距離因此顯得明確；幾天之後我收到他寄給我的簽名畫冊，畫冊扉頁寫著客客套套的友好一句，而我也客客氣氣的向他道了聲謝，我看著我們上次的對話紀錄停留在那尷尬的特別座位，我於是選擇不告訴他、其實我還是去了他的見面簽名會，不需要給我安排特別座位的那種。

然後我發現，我開始想要改變。被改變。

愛我不好嗎？

我還是每天看著他的臉書動態，只是儘量儘量不再回應，我還是經常經常很想找他聊天，只是最後最後都勸住了自己：愛是放手。

放

手

原來得不到的感覺是這樣。

他的臉書動態依舊熱絡的更新著，而他的快樂始終與我無關。我遲遲的發現到這一點。

愛我不好嗎？

我揮之不去這個問題，卻再沒了勇氣直白問他；愛得累了，等也倦了，想被愛了。

於是，我接受了男孩的邀約。只是想把注意力從他的身上轉移開來。

／／／

「妳最近比較常出門去玩了喔？」

晚餐時，媽咪試探著問，而我聳聳肩膀，不打算回答。但她可不放棄：

「而且妳這陣子也都比較早進公司囉。」

「好啦。」

「是妳前陣子提過的那個畫家嗎？」

不是，我想說，但我沒說；我沒想到這個關鍵詞依舊會帶給我疼痛感。

「妳不能跟我一樣只生一個小孩喔，一個人長大的童年很孤單，妳小小的時候——」

打斷媽咪，我換了個話題：

「妳有沒有覺得小新的脖子腫腫的？」
「妳這麼一說、好像是喔？是不是變胖了？」
「我這幾天拍牠脖子腫的照片去給診所的醫生看看好了。」
我們同時轉頭看著吃完飯後正在小城堡裡愉快騎娃娃的小新。可憐的孩子，因爲先天性心臟病的關係，所以從小就被獸醫師禁止繁衍後代，可是麻醉對牠的心臟風險極高，於是我們也沒帶牠去結紮，就這麼，牠每天閒來無事或者心情愉快或者吃過晚餐就抱著娃娃騎，我們只好這麼安慰自己：這代表牠還很健康。

「妳明天是要跟誰出去晚餐？」
「妳現在是警察問案喔？」我半開玩笑的說，但接著直接表明：「我現在沒有男朋友。」
我開始感覺到壓力。
「我吃飽了，先回房間了。」

男孩對我很好，做了很多會讓女生感動的舉動，我很難得遇到這種完全不害怕大小姐脾氣的人，但這也可能只是剛好我不怎麼大小姐脾氣了；我跟男孩提過畫家，只是稍微一兩次的那種程度，說得也不多、非常非常淺，可是男孩卻因此開始追蹤畫家的粉絲專頁，有時還會截圖畫家ＩＧ的貼文給我看，只因爲我提過自己沒在用ＩＧ。

的確是個相當細心的男孩，但有時細心過了頭會變成有一點可怕，我經常會有種角色互換的微妙感：我愛男人，但男人只想當個好朋友；我想和男孩當個好朋友，但。

原來男人當時對我的感覺是這樣。

壓力。

男孩的話題開始包含他的家人，主要都是他說我聽然後適時回應這樣，光只是聽我就發現自己很不喜歡他家人，價值觀還有生活方式之類的；尤其男孩經常會反覆提起前女友的這習慣也讓我覺得很厭煩，明明都已經是過去式卻還說得好像是現在式的那種口吻。

「你不是英文老師嗎？文法上的時態你不是應該很懂嗎？」好幾次我幾乎就要這樣開口說，半開玩笑的說，可是現在我開始學會說話之前先用腦子想一想。這一點好像是認識男人之後才開始的改變。

我還是有點想邀男人來我們美術館開畫展，畫的水準夠，人的知名度也夠，是個能夠雙贏的企劃。

當我腦子冒出這個念頭時，男孩正在說：

「出門前我媽問我是不是和女朋友約會。」然後，他看著我，等著我回答。

我沒回答。我自己也是個和媽咪極親近的小孩，可是三兩句就我媽我媽的開口說話是怎樣？

「她還叫我不要玩得太晚才回家。」

我跟男孩保證絕對不會太晚才回家。

買單時我依舊堅持各付各的。

散步去停車場的路上，男孩做出想要牽手的舉動，我於是雙手交叉環抱在胸前，同時在心底這樣問自己：我要的真的是這個？只是被愛著而已？被這個剛好出現又勇敢追求的男孩愛著？那我呢？我愛他嗎？或者只是自私的貪圖著被他寵愛的感覺？我喜歡這樣的**自己**嗎？

「嘿，聽著，我很喜歡你，尤其是你再忙也把我擺在第一順位的這個心意，謝謝你對我那麼好，做了那麼多體貼細心的事情，我都知道也很感動；一開始多少也懷抱著反正彼此都單身、或許試著交往看看也無妨的心情，可是這一陣子相處之後，我發現我們還是當朋友就好。我們就只是當個朋友好嗎？」

我很想告訴男孩這些話，可是突然說出這一堆好像很奇怪，況且他也不算正式告白過，確實他是問過我：介不介意姐弟戀？可是那又不代表——

結果我什麼都沒說，只是當他問起下星期要不一起去看燈會時，我告訴他我不喜歡人擠人。

就這麼拒絕了幾次男孩的邀約，訊息也故意拖好幾天才回個貼圖之後，男孩開始有點知道了。

放手。

感動和心動從來就只是兩碼子事。

我放開了感動，卻還是丟不掉心動。我還是向男人提出畫展的邀請，他欣然答應，我們接著談妥展期，然後，是一連串細項的討論和確認：一堆數字，一堆文字，一堆法律字眼，所有一切的細節，一再一再的確認。到底是要確認幾次？

於是我漸漸知道，這是個工作起來嚴謹到幾乎難纏的男人，確實和他的畫風反差，只是換了位置之後，我不再覺得這反差只是可愛，而是進階成可恨又可愛。

愛情果眞令人盲目。

「妳可以不用親自處理這些，妳是知道的吧？」

有次我在辦公室被激怒到摔手機時，她們小心翼翼的提醒我這一點。

「我知道，」深呼吸過後，我試著平靜的說，「不過沒關係。」

我是眞的變了。

我們。

我們的關係確實變成朋友，對話開始不設防了起來，連爭吵都可以直接，我們見了面，爲的是工作上的討論，我們相處融洽我們聊天愉快，我們都是氣過就算的個性，我們連喜歡吃的食物都一樣；我還是沒有問他是不是有女朋友？那些臉書上的好看照片都是誰幫他拍的？

他在我眼底心中依舊是個迷人的男人，迷人但磨人。

我是眞的變了。

最磨人的部分過去了，接著就只剩下佈展的前置作業，然而，小新卻在這時候病倒了，其實不用那麼多的檢查我自己也知道，牠倒數了。牠食慾變差精神不好，連娃娃都不怎麼騎了。

「小新還好嗎？」

在獸醫院等著醫生看報告時，男人傳來這個訊息。

「就，一堆壞消息。」

我直接了當告訴他，但不想再重複那些壞細節，也因此分心忘記向那個人很好的研究生道謝，我本來想告訴那個研究生：你以後會是個好醫生。

在回家的路上我一直超速但是我不在乎了，我只想快點帶小新回家。

我是眞的變了。

小新撐了兩天，最後在牠堆滿娃娃的小城堡裡過世。

你是娃娃王國的國王。我試著再一次這麼告訴沒了氣息的小新，然後，再一次為牠哭泣。

五天之後，我去了他的畫展開幕座談會，依舊是遠遠站在人潮外圍的那種，而這次，他看見我了；我看著他遠遠向我點了頭，而我也安安靜靜的以眼神致意，我就這麼站著全程參與，不用安排特別座位的那種。

那天晚上我收到他傳來的訊息，他客客氣氣的謝過這一切以及我的花籃尤其是那張安放在信封裡的小卡片。在卡片上我親筆寫著：

**你真的是個相當美好的存在，但這無損你在我心中機車的形象。**

然後，他傳來這個訊息：

「妳才機車咧。」

而我，笑了。

本來都決定好不要再愛了，怎麼，又反悔了？

# 第三章　一杯啤酒的句點

那種
她無意傷害你，她只是真的不愛你
的感覺

我本來想在那個晚餐跟她正式告白的，可是怎麼也找不到恰當的時機，再說她的神情讓我隱約覺得她好像並不想要被告白的樣子，我有試著跟自己說可能只是我想太多而已，於是散步去停車場時就鼓起勇氣牽她的手，這下好啦，她的反應明顯得很。她只是想要當個朋友。

算了啦，不過就是再一次被當成男生好友而已嘛，這又沒什麼，既不是第一次，大概也不會是最後一次吧？只是說當我看到她和那個畫家在臉書上後續的互動越來越親近時，還是難免會感覺到心被刺痛。

我猜他們可能交往了。

算了啦。

此刻我和怪咖在雨天的溫泉旅館裡消磨無聊的下午，想來也眞是北七，因爲我本來是計畫帶她來的。

旺季的溫泉旅館很難訂房尤其又是週末，所以我早早就預訂好這家昂貴的溫泉旅館，計畫著若是告白成功了我們交往了，那麼這就可以當作是我們第一次的旅行紀念了，這樣難道不是很浪漫嗎？

浪漫個屁。

完全只是我的一廂情願，在那頓好像有點太明顯想要確認關係的晚餐之後，她不但給了我好多軟釘子，後來還直接已讀不回；賭輸的結果就是此刻我和怪咖兩個大男人被下了整天的雨困在旅館房間裡看著電視上重播的節目，而且他還不跟我分攤住宿費。

失戀眞貴。

「你不是說要去逛老街？」

我第八次提醒他。

「喔，對啊。」

他也第八次這樣回答我，可是眼睛還是緊盯著電視螢幕，螢幕上正在重播第八百次的《危險心靈》，畫面裡男主角還是個呆呆的國中生，誰曉得這個幾乎被定格成爲永恆的呆呆國中生的小男孩在幾年之後會蛻變成爲文青型男還演起偶像劇的男主角。

那個畫家也是個型男，是不是女生都喜歡那一型的男人？她們不知道那種人都很難相處嗎？

「我也遇過那種老師。」

回過神來，怪咖正用下巴指電視，說：

「我的國小導師，媽的我眞的超恨他！大概是國中的時候他們有辦個同學會，老師也會去，所以我就不要去，然後呢，那個老師居然還有臉叫同學問我爲什麼沒參加？」吭了一聲，怪咖問我：「我有跟你講過這件事嗎？」

有，大概十年了八百次左右。

不理他，第九次：

「所以我們到底有沒有要去逛老街？沒有的話我要先去泡溫泉囉。」

「有啦有啦，我把這段看完就走。」

結果我們就這樣看完整集的《危險心靈》，在雨天的午後，昂貴的溫泉旅館裡。媽的我好心酸眞的感覺很心酸，這樣的時刻如果是跟女生被大雨困在旅館裡因爲沒事做所以就或者緩慢或者熱烈的做愛難道不是很愉快嗎？

「你這個人最大的毛病就是太容易被控制啦。」

我媽老是叨唸我這一點，可這不就是她生給我的嗎？當初媽媽說我很會念書又很有耐心而且在班上都當同學的小老師，所以未來去當老師應該很適合而且又穩定，女生最喜歡嫁給工作穩定的男生了！

於是大學修完教育學分後我很努力考到教師執照，然後，很衰的，踏上時代的列車、我就這麼變成流浪教師的成員，早上在國中當代課老師教孩子們英文，做的是和正職老師們完全一樣的事情，而且也有帶班級當導師，可是偏偏薪水福利都差了他們一大截，最幹的是寒暑假還沒薪水領；幸好我本來就是很容易和屁孩打成一片的個性，而且也很受教務主任的器重，所以就這麼一直被不平等待遇；這幾年因緣際會到升學補習班教高中生英文，這收入遠遠超過學校的薪水，讓我一度很想就直接轉到補習班當專職名師，然而棘手的是班上的學生們還有教務主任絕對不肯放我走，而我也老是被他們融化，我還是希望能夠從工作中得到樂趣，而不是只把自己變成個賺錢機器。

難道我就是只能吸引到未成年少女的命運嗎？

倒楣。

我唯一吸引到的女朋友當時念大學，白天有正職晚上念夜大，她離家好遠跑到我的城市半工半讀然後被我遇見，當我們穩定交往之後我才知道原來那是她故意的，她不在乎考到什麼學校選擇什麼科系必須要做什麼工作以及食宿費用的生活壓力，她只求能夠離家越遠越好，她不是很喜歡她的原生家庭，也和她的父親不熟，至於她的母親則是讓她又愛又恨，她的母親我見過一次，一看就是很會計算又貪財的精明嘴臉，但我想她情感上還是愛母親的吧？只是她們母女倆沒辦法和平相處超過三天。

「最多就是三天，我試過，忍到第四天之後我們就會開始想要殺對方了。」

她曾經半開玩笑的這麼說過，當我們在她小小的單身套房裡鬼混的時候。

我很難理解那種感覺，完全性的搞不懂。

我和媽媽的感情很好，儘管大學之後住在不同的城市但是每天都會傳訊息閒聊天，週末回家時我也會親自下廚做菜給他們吃，我很愛下廚，而且廚藝還眞是有口皆碑的很棒棒，有時候妹妹還會在我們家人的群組裡得寸進尺預下菜單，而且還不先去把菜給買齊，不過想想算了啦，反正主要是還住家裡的妹妹在照顧媽媽，也多虧有她當後盾，我和爸才能專心打拚事業。

我記得媽媽被檢查出肺腺癌的時候已經是第三期了，而那一年我眞的很悲慘，不知道存活率是多少？接著要做多少手術和化療？最煩的是癌細胞若是又移轉了怎麼辦？所幸媽媽身體底子好又有爸和妹妹的細心照護，就這麼也活了五年，除了還是要定期追蹤以及化療之外，生活上的一切倒是和慢性病人沒有兩樣。

而這件事情除了家人和怪咖之外我幾乎沒有告訴過任何人，我自己也不知道是在迷信什麼，我總迷信著若是把媽媽的病告訴別人，那麼媽媽就會因此死掉。

迷信。

前女友就是在媽媽檢查出癌症的那一年跟我提分手，分手的原因還是她被另一個女生給追走，那年多虧有怪咖陪我喝失戀酒以及接聽我夜裡的靠北電話外加帶我到處散心和喝醉，否則我眞的沒有把握自己還能不能撐過那段艱難的時光。

幹！眞的好想做愛。

如果此刻在我身邊的人不是怪咖而是女孩的話，那麼我們大概就會好愉快的滾床單，然後累累的慢慢的躺著挨著等預訂好的旅館晚餐，晚餐時因爲是第一次正式約會所以可能會做作的互相餵食也可能不會，但反正晚餐之後我們會在附近手牽手散步半小時左右再慢慢走回房間喝咖啡，喝完咖啡並且確認晚餐消化大致之後再去泡個湯，把身體都泡得暖暖，然後就這麼依偎在床上美好的聊天直到誰先睡著吧？或者是再滾一次床單好像也不錯。眞是光想就美好的畫面。

本來爲了怕她喝不慣旅館的即溶咖啡，而且這裡又座落在鳥不生蛋的山頭，連要去個便利商店都得開車，於是我還計畫好出門前先備妥保溫杯然後去買星巴克讓她可以帶來這裡喝。結果咧？

我應該帶副撲克牌來的，不然我和怪咖晚上要幹嘛？

「你要喝咖啡嗎？」

「好，不加糖。」

「只有三合一的即溶包，麥斯威爾。」

「那你幫我把糖粉濾掉。」

「你要不要乾脆去吃大便？我現在就拉給你。」

我說，可是結果我不是去拉屎，而是乖乖的幫怪咖把糖粉濾掉。

果真是相當容易就被控制的個性。

晚餐。

溫泉。

兩個人。

兩個男人以及預先買好的啤酒。

「喂，乾杯啦。」

「好啊，要乾什麼？」

怪咖問，這問題我想了想，然後說：

「就，乾一杯啤酒的句點好了。」

「句點什麼？」

「句點他們郎才女貌白頭偕老早生貴子子孫滿堂。」

「好感人，是反話嗎？」

「眞心話。」

眞心話。

她眞的是個很好的女生，教養良好性格善良，雖然確實個性上是任性了點，但她不會佔別人便宜也沒有那種認爲身爲男人就應該負責接送或買單的公主病，有幾次出去玩因爲路線不順、她還會直接表示那麼她開車來接我就好；的確是個千金大小姐，可是完全沒有公主病，若要挑個什麼毛病，那大概就是她話語裡有意無意會是以命令式的語法講話。不過考慮到她的成長環境，就。

是個好女孩，唯一不好的，就只是她不愛我而且也不讓我再繼續愛她，這樣而已。

雨下了一整天，沒停過。

我們晚餐吃了，溫泉泡了，然後夜深了，而怪咖早早就睡了；我被他的打呼聲吵得睡不著，就起身到陽台看風景，拿起手機我拍了張很不錯的照片，然後上傳到臉書打卡，滑著手機我看見有幾個人按了讚，而第一個留言的人是前女友，就是被別的女生追走的那一個。

「你又跑去泡溫泉！」

眼睛看著手機上冰冷的字句，腦子我想起她好聽的聲音，我發現自己好像微笑了一下，然後，我回覆了她的回應。

關機。

睡覺。

///

我們睡到早餐停止供應前的半小時才起床走去用餐，距離退房的時間還有一個小時，怪咖利用這一個小時在浴室裡慢吞吞的刮鬍子，而我本來是想再去泡一次溫泉，這裡的溫泉水質很棒。

可是妹妹打來的電話擾亂我泡湯的計畫，妹告訴我、媽最近的狀況不太好，但還在檢查是哪方面的問題，然後，重點：

「我下星期五有事不能帶媽去醫院，爸的公司最近又很忙，所以你可不可以回家一趟帶媽去？」

「可以，我早上有課，但中午過後就沒事了，妳看能不能預約下午的門診。」

「好。」

好。

把手機放回牛仔褲後口袋，我又開始感覺到焦慮，**又變壞了嗎**？

走到浴室的門口，我裝作若無其事的跟怪咖找話聊：

「跟你講，我媽她上次跟我阿姨去日本玩的時候說……」

／／／

又是泡溫泉，又是和怪咖，我的人生一定是哪裡出問題了。

這次我們開車到四十分鐘左右車程的溫泉旅館泡湯，包含下午茶和湯屋的優惠券，優惠券是各付各的那種，此刻我和怪咖就是在泡完湯吃完下午茶之後來到這座山腳下的芋圓店吃芋圓。

一開始捉住我視線的並不是那個小女生，可能是她背對著我們，也可能是因爲站在她面前的那個大男生太搶眼，大男生身上穿著T恤搭配籃球褲，膝蓋下還露出一截黑色貼腿褲，他腳上踩的是這一季最新的限量球鞋，會知道是因爲上個月我也有去排隊搶購。他這身打扮讓我疑惑這附近哪有籃球場？我突然手癢了起來。

「這附近有籃球場嗎？」

「不曉得，不過自行車道倒是新開了好大一條，每天都有很多人特地跑來這裡騎過來又騎過去，我就不懂了，那到底是有什麼意思？我是說、這樣胯下不會很痛嗎？」

我也不懂，高中畢業之後我就再沒騎過自行車。

我繼續看著就站在店門口的這群年輕人，不是故意的，純粹只是他們剛好站在我的視線正中央，而捉住我視線的大男生雖然一副花美男外表，但說起話來卻十足大嬸味，本來我以爲他們是一群要好的男女同學，可是從花美男的大嬸嗓門裡聽來比較像是初次見面的網聚或聯誼。

「什麼？妳住在那裡？那很遠耶！」

花美男大嗓門的對著那個小女生喊，他可能沒有惡意純粹只是在逗她而已，可是這在我聽來很不舒服。我剛好也住那一區。

「開車又不會很遠。」

我聽見怪咖開口說，而我腦子裡的小警鈴立刻響起來。

我一直懷疑怪咖有亞斯柏格症或者之類的，總之在普羅大眾的眼中他不能說是很正常，怪咖其實是個本質很良善熱心的好人，只要和他深入相處過就能發現這一點，但問題就出在於：幾乎沒什麼正常人會願意和他相處超過三分鐘。

然後是第二個男生，他抱著安全帽走向小女生：

「妳在開我們玩笑嗎？那很不順路耶！我們等一下還要去逛商圈耶！」

安全帽男孩說著那個年輕人很愛去的擠死人商圈，而至於怪咖則繼續自顧著和他們隔空對話：

「哪有不順路？你們就一起騎車過去吃個飯逛個街，然後叫她在那裡自己搭公車回家就好啦，晚上十點半的末班車，如果我沒記錯的話。」

「所以我們要先送妳回家再去逛街？我們逛完還想去看流星雨耶！」

「不然讓她搭我們便車好了，反正順路。」

「閉嘴啦你。」

本來我是想這麼吼怪咖的，可是不知怎麼，當那個始終低著頭背對著我們的小女生轉身和我四目相對時，我卻改變了心意。她的眼神在我臉上停駐。

我站了起來把皮夾丟在桌上然後告訴他們：

「不然我開車送她回家好了，開快速道路很近，而且我剛好也順路，如果不放心我這個陌生人的話，你們可以檢查我的身分證交換我的手機號碼，半小時後打來確認她安全到家了沒有？」還有，「還有，住那一區是怎樣？你天龍國的啊？」

他們看起來嚇呆了，可能是因爲我的身高190，也可能是因爲我說話的氣勢，每天站在講台上對學生講話果眞氣勢不一樣；不過這會兒我想叫自己閉嘴了，他們是哪一型的學生？會打人的那一型嗎？我會不會因此上社會版頭條？我還沒娶老婆耶！

他們人好多。

我心底這麼輕微恐懼著，但是我嘴巴卻他媽的繼續：

「所以呢？你們有在考量她的安全嗎？還是只覺得她住很遠很煩只想要趕快去吃飯逛街看外星球屍體掉下來？你們這是男生對女生該有的態度嗎？你們有沒有想過她是怎麼過來這裡的？」

「我們學校在這附近，」站在她旁邊的女生鼓起勇氣回答我，「我們住學校宿舍。」

「好。」

好。我說。然後不知道該再接著說什麼，連原本的氣勢都弱掉，可是我繼續站著，因爲我找不到台階好下，我很想要暗示怪咖在這尷尬的空白裡出個聲音、隨便說個什麼話都好，只要讓我可以順勢坐下來裝作剛才的一切都沒發生就好，可是這當下怪咖卻突然開始低頭專心吃芋圓。

好賤。

「不是陌生人。」

就是在如此尷尬的僵持裡，小女生突然開口說，她視線筆直凝望著我，她告訴他們：

「他是我奶奶的學生，以前常常被我奶奶叫來家裡寫功課，那時候我們還在上幼稚園。我記得他。」

我不記得她，但是我記得她口中的奶奶，我國中的班導師，教的是數學，教學風格很強悍，是那種你會知道沒事別惹她或者在走廊上看到她就會立刻轉身逃走的類型，我不知道導師爲什麼要特別照顧我？我的數學成績是不好，但也不至於糟到要被她指定到家裡去特別愛護。我後來才知道原來我叔叔認識她，而且還告訴她我這人很皮。

我以前是很皮，我到目前爲止還沒遇到比我皮的學生，不過我此刻卻僵住不敢動，因爲這個小女生，她看起來安靜內向文靜秀氣，可是一開口說話卻有種不怒而威的早熟感，可能是因爲她聲音低低的，也可能是遺傳自她奶奶。

「那，我就搭他便車回家好了，我們住很近。」

小女生對我們所有人宣佈，我和怪咖都處於驚訝的狀態裡，至於他們則是低頭竊竊私語一番，最後，我看見他們和她揮手道別，接著機車一輛輛的騎走，而小女生則是走向我們的桌前。

她拿起我的皮夾檢查我的身分證，然後把皮夾還給我，說：

「你可以坐下了。」

這是她開口對我說的第一句話，我花了好一會兒時間才發現這是她在開玩笑：你可以坐下了。她在模仿她奶奶，她奶奶以前也經常對學生說這句話。

她跟著也坐下，然後說：

「他們會那麼激動是因爲我沒有先告訴他們、我有門禁時間，因爲我覺得很丟臉，大學生哪來的門禁時間？而且還是星期五，不過你比較特別，你應該可以理解，你認識我奶奶。她很嚴格。」

「欸，欸。」

我還是呆呆的，而怪咖還是繼續假裝低頭專心吃芋圓，專心到彷彿他這人之所以被生下來爲的就是吃眼前這一碗芋圓。

「你們可以慢慢吃沒關係，門禁時間是八點，時間還很夠，而且我也沒興趣看外星球的屍體掉下來，我好像不太年輕人。」

我笑了出來。

「我會記得你是因爲你很高，而且那時候你會陪我玩玩具或者看卡通，不像我哥和我姐，都嫌我幼稚不理我，他們大我好幾歲只小你一點點，我那時候眞的很想要當你妹妹，覺得你一定是個對妹妹很好的哥哥，不管她小你幾歲。你有妹妹嗎？」

「欸，一個。」

還是呆呆的，我。

「她一定很高興有你這個哥哥。」

「才沒有，她覺得我很囉嗦，還說我是全宇宙最囉嗦的男人，她整天只想叫我煮菜給她吃或者把我當男傭，而且她是個恰北北，不過她沒有被妳奶奶教到，很幸運。」

這次換她笑了。

感謝我妹，讓我們的對話開始因此顯得很輕鬆。

一碗芋圓的時間，四十分鐘左右的車程，我們從陌生變熟悉，而話題是我們那曾經交叉過的年歲和各自的家人，氣氛很自然，聊得很愉快，直到我的車停在她家門口時，她透過車窗道過謝並問我：

「你們要進來和我奶奶打個招呼嗎？她老人家都九點鐘才睡。」

「不要！」

我直覺的說，然後我們同時笑。

當晚，我收到怪咖傳來的訊息：

「果眞還是只能夠吸引到女大學生的命運啊。」

「羨慕嫉妒還是恨？」

我回他，然後放下手機，笑了出來。

明天還是去導師家拜訪問候一下老人家好了，我記得她家附近有個很不錯的籃球場，剛好那雙排隊買來的限量籃球鞋買了一直沒機會穿呢。

# 第四章　一聲父親的永遠

那種
戀人以上，家人未滿
的感覺

「有時候我眞希望自己是雙性戀，這樣感情的選擇就多一倍！」

當她說出這句話的時候，我的心臟差點漏跳一拍。我們認識很久了，所以我會知道那只是她情感受挫的氣話，但是她卻不知道這句有口無心的話恰好擊中我心底最不願意曝光的感情機密。

「是個看起來有很多祕密的人喔、妳。」

前男友曾經這麼形容過我，而那時候我還不知道原來自己也喜歡女生。這麼說對嗎？

第一次意識到自己好像**有點喜歡女生**是高中的時候，那時候我加入學校的吉他社，因爲我從小就很羨慕那些會彈吉他的人，不管是男人或女人，從小我的夢想就是學會彈吉他。

就女生而言有點稍嫌太寬厚的肩膀一直就讓我很介意。我的身形是那種典型的倒三角身材，身高就女生而言算是高，胸部豐滿但有點腰身，最滿意的部分是雙腿，細細的長長的，嚴格說來人並不胖但就是因爲肩膀寬胸部大所以視覺上會有種此女粗壯的錯覺；這樣的身形若是參加啦啦隊大概會被安排在下面抬那些體格嬌小的女生，參加排球隊應該會被先入爲主當成主將訓練，參加童軍社則或許會被學長學姐叫去搭帳篷或生營火，參加——算了，沒有什麼我想參加的社團，我不是很喜歡團體生活的個性。我一向獨來獨往。

最後我選擇的是吉他社，而且我很高興的發現抱著吉他可以遮掩我的寬肩膀。

那時候爲了買吉他、我還和媽媽大吵一架，因爲她覺得太貴了，她要我選那些比較不花錢的社團，棋藝社、愛心服務社……之類的。

「反正就只是個社團活動嘛，又不是學校考試，花這個錢幹嘛？」

媽媽說。

我很氣她這一點，我的意思是，我們家的經濟狀況是不太寬裕，全家人只依靠媽媽在市場擺攤賣菜維持生計，可是我已經考上公立高中學費又不多，而且一把吉他的錢家裡又不是拿不出來，但媽媽就是寧願都把錢存在銀行不肯花。

最後我賭氣的跟叔叔借錢買吉他，媽知道後沒有說什麼，連我後來一直沒有把錢還給叔叔也沒說什麼。反正我一開始就認定叔叔才不會跟我要這筆錢。

我的吉他夢。

有個畫面永恆的烙印在我心底：我抱著吉他彈唱著，彈得還不錯，唱得也可以，而她則小鳥依人似的挨在我肩膀旁邊聽著我彈吉他唱歌，這讓我的心跳開始變得有點快，高音還因此差點飆不上去；我至今依舊不太明白**那個畫面**是怎麼產生的？我們那時候眞的不算熟。

我始終沒搞懂對她的感覺是什麼？我那時候只知道男生愛女生，不知道原來我們還可以擁有別的選項。

她個頭小小的身材瘦瘦的胸部扁扁的，一雙漫畫似的大眼睛老是眨啊眨，很像一隻活潑無害的長毛吉娃娃，然而在這樣天眞無害又討喜可愛的外表下，眞實存在的是一個聰明伶俐的頭腦，她反應很快講話好笑，而且思考邏輯非常清晰很會把難懂的事情解釋得淺顯易懂，並且她看事情的角度和一般人非常不一樣，很獨特、很另類；後來我才知道原來當初她的分數可以考上第一志願，可是她卻偏不要塡。

「我覺得全班甚至全校都是女生的畫面太可怕了，下課十分鐘去上廁所難道壓力不是很大嗎？我國中的時候都去男廁上，比較乾淨而且不用排隊，反正我那時候的男朋友會幫我清場把風，嘻嘻。」

是這麼一個思考另類的女生。

我們是高中畢業之後才開始要好起來的，而原因是男人。

她當時的男朋友就住在我念大學的城市，因此她在約會結束之後會順道約我見面，這我無所謂，反正我沒什麼朋友，也幾乎不和什麼人往來，生活除了打工和夜大之外幾乎一片空白，實際上從小到大我的生活一直就是空白，我是有個姐姐，從小還睡在同一個房間，可是姐姐不太喜歡理我，實際上姐姐幾乎不理會任何人，媽媽老是忙著擺攤的工作還有整理家務，而爸爸……算了，我和他不熟，他也是不喜歡理會人的個性，可能姐姐就是遺傳自他吧？唯一會理我的人是叔叔，我的童年幾乎都是叔叔陪著玩的畫面，可是長大我們開始被教導男女有別之後我就不怎麼主動去叔叔家找他玩了，而且我很不喜歡叔叔還是把我當成小孩子對待，叔叔直到我念高中都還是會在冰箱預先冰好一排養樂多等著我去找他時能夠喝，只因爲我小時候很喜歡喝冰冰涼涼的養樂多。

不知道那些養樂多後來都怎麼處理了？

是這麼過慣獨行俠生活的我，沒想到原來有人陪伴的感覺眞好。

一開始只是週日下午一杯咖啡的等車時間，然後慢慢變成一頓晚餐以及餐後的啤酒，後來她甚至會在我的租屋處過夜，那是她和他感情開始出現變化的時候了。

後來他們分手了，但她依舊會專程來找我吃飯喝酒或旅行，可能是一時半刻戒不掉的舊習慣，可能是失戀者慣常出現的寂寞感所以想要找個人來陪，反正這我還是沒有所謂，因爲那時候我眞覺得我們是朋友了，而且，我喜歡有她的陪伴。

「如果不是妳來找我，我可以整個週末都待在家裡看電視，完全不說話也不出門。」

「妳好宅喔。」

她笑嘻嘻的說。

我沒見過像她那麼愛嘲諷卻又什麼事情都見怪不怪的人，我覺得這樣的個性能夠讓我很放鬆。媽媽是個什麼事情都很容易大驚小怪的女人。

我們開始經常對坐在各家小酒館裡把酒言歡，有時候她來找我，有時候我回家找她，我每次回家都會先跟她約好時間再決定哪個週末要回家；我們就著小酒館裡昏暗的燈光把心底那些擱了好久的深、深到從不願意告訴旁人的沉重說給對方聽，有時候是那個把她心傷透的男人，有時候是對於我家人的複雜情感，還有幾次，我們對坐著流眼淚。她是那種很容易帶給對方親密感的女生，而親密感，是我從小就缺乏的情感，即使是當時我剛開始交往的男朋友也沒辦法帶給我這種親密感。

「他是多高啊？我跟他並肩站一起的話，可能看不到他的臉喔。」

「他就是那種媽媽們會放心的類型啊，不過會煮菜的男人很性感啦我覺得。」

「他是不是有點太囉嗦了啊？而且跟他妹的感情也太好了吧？他們眞的每天通電話？」

她說她說她說。

親密感。

那時候我眞覺得我們是閨密了。

我搬過幾個租屋處，每個租屋處她都去過，每個租屋處也都擺有她的牙刷拖鞋和睡衣，這點引來男朋友的抗議，他抗議我對她比他好，他吃醋；但這是確實，我的確不喜歡男朋友在我的地方過夜。每次約會時晚上九點鐘他媽媽就會準時打手機問他今天幾點會回家？儘管他又不住家裡，他媽媽眞的好奇怪，而且那總是會讓我覺得壓力好大，自覺好像不應該獨佔別人的兒子才對。

「她沒有要催我回家啦，只是想確定一下而已啊。」

他解釋，但我依舊在每次晚上九點鐘左右就開始催他回家。

是這樣一個家庭感濃厚的男人，後來，我卻傷害了他。

後來，有個外表男性化的女同事送我一直就好想養的貓，美國短毛貓，貓在我生日那一天出現在她懷抱裡然後變成我的，此後女同事開始密切出現在我的生活裡，還有一次，她在KTV的包廂裡帶著醉意親吻我的臉，當下我以爲自己會抗拒、甚至是生氣，可是結果我沒有，結果我情生意動；那是另一種特殊的親密感，他給不了，而她沒給過。我沒想過原來我也喜歡女生。

原來我比較喜歡女生。

我沒告訴她。

我們確認彼此相愛，我們各自結束感情並且同住一起，兩房兩廳的小公寓，而客廳是我們那隻美國短毛貓的開放式房間；我很想跟她說，可是我不確定是不是應該說？我們之前才去泡溫泉，在溫泉旅館的那一夜，我還主動替她按摩背，我怕她會多心。我怕她其實恐同。

我對她比她對我好，我很清楚這一點。

我介紹她們認識，她們處得來，這沒問題、女朋友本來是那種擅長和各種性格的人相處的好好個性；她依舊每隔一陣子就會來找我見面，我們還是無話不談、只除了我和女朋友真正的關係，她從不問我分手的原因，正如同我經常覺得她應該看穿我和女朋友的關係但卻只是不說穿而已；慢慢的我發現，有女朋友在的場合她會比較自在，而若是只剩下我們獨處的夜晚，她會刻意坐得離我很遠。

她開始會選擇睡在客廳沙發也不與我同床共枕、在女朋友回家時、只剩下我們兩個人的夜晚。她說她開始習慣了一個人睡。

那份她曾經帶給我的親密感開始有了防備。我們開始有了距離，似有若無、不好說破的那種。

後來，她有了更好的女生朋友、在她生活的城市裡，她來找我的頻率越來越少，就算是有，也總是帶著她的新朋友一起；我看著她們的互動彷彿從前的我們，那親密的自在，自在得像是她們放心彼此只會是朋友而不必多心愛上彼此的那種，她們不是同性伴侶，可卻親密得如此自然，而我和女朋友明明相愛、卻在外人面前愛得不著痕跡，戀人以上、家人未滿，我和女朋友沒辦法變成家人。法律不允許。

我感覺到嫉妒，是的，嫉妒。

都什麼年代了？我經常聽到異性戀們這麼說，可是確實，不是置身其中的人，不會懂。

///

然後是那一年。

那一年我和她因爲一件小小的事情吵了大大的一架，還因此決裂，從此不再見對方的面。

那一年叔叔生病了，不會好。

媽媽收了市場的菜攤專心照顧叔叔，媽媽說叔叔的積蓄和退休金夠她和姐姐生活了。叔叔孤家寡人，未婚無子。

那一年我開始意識到老後這件事，我發現我其實很想要有自己的小孩，因爲我好害怕老後沒有人照顧，我知道這個想法很自私，可是我甩不掉這個想法。

「妳是個自私到可怕的女人。」

我想起和她最後的那場爭吵裡，她說過的這句話。

我還想到了前男友，我想起他是個愛家顧家的男人，他一直很想要當爸爸，如果可以的話希望生三個小孩。我想起他曾經這麼說過。

這幾年我和他始終保持著淡淡的聯絡，只是臉書好友的那種，關心彼此近況更新但並不打擾對方。

「你又跑去泡溫泉！」

那天，我懷抱著某種心機在他的貼文留下這回應，還不怕女朋友看見了誤會，我不知道爲什麼我要這麼做，我覺得我可能是有一點故意。女朋友後來果眞因此和我大吵一架，女朋友不知道原來我們一直還聯絡，淡淡的那種。

那是這幾年來我第一次在他臉書上留言。

他只回了一個表情貼圖。

他最近好像有了新戀情。

然後是那天，媽媽刻意讓我獨自在病房裡照顧叔叔，而夜深了，叔叔睡了，可是我睡不著，我一直一直想著下午媽媽告訴我的那些話：

「趁還有機會的時候，妳喊他爸爸。妳是我和他生的，妳戶籍上的爸爸也知道，他只是不講而已，他這輩子講過的話還眞沒幾句。」

媽媽說，然後留下一疊整理過的舊相簿給我，相簿裡有叔叔年輕時的照片，原來我長得像叔叔。闔上相簿，我思緒亂飛，滑著手機，我看見前男友的感情狀態更改成爲穩定交往。

「你果眞還是只能吸引到女大學生的命運啊。」

我突然很想留下這回應，可是我忍住了。

我按了個讚。

關機。

／／／

這陣子我看了很多老電影，因爲時間突然多出很多。

我辭掉工作回到原來的城，從小長大的那個，房子的男主人早些年就走了，只剩下媽依舊忙碌著操持家務，她總是能夠找到事情讓自己忙，反覆打掃房子，什麼的；而那其實是我爸的叔叔早早就把房子過戶給我，老老舊舊的一棟兩層樓透天厝，不在什麼好地段上，値不了幾個錢，但這房子散發出來的老味道我很喜歡，雖然屋齡很大但能感覺出來是長年被細心維護著的那種。

總算我還是擁有了自己的房子，不必再一直搬家了。

安心的所在。

每天我會散步回去看媽和姐姐然後吃個晚餐，就像從前從前那個其實是我爸的叔叔每天做的事情那樣，同樣的路程，不同了人走；晚餐時媽媽總是會囉嗦我爲何意氣用事辭掉工作，同樣的工作再找是會有，可是年資啊起薪啊升遷啊福利啊什麼什麼的，囉嗦囉嗦囉嗦。

「公司就不給我請喪假啊，因爲幾年前我就請過喪假了，戶籍上的爸爸那次，如果妳還記得的話。還是妳要幫我跟人資部解釋爲何我要請第二次爸爸的喪假？」

好幾次我都被煩到幾乎要把這句話說出來好堵住她的滿嘴嘮叨，可是每一次我都有爲她忍住。

愛是知道什麼該說什麼不能說。

我只說：

「之前去醫院請了太多假，副理不高興，說就算不自己辭職她也會弄到我待不下去。」

媽接受了這個說法。

但我好像變回了從前的那個自己，每天只想待在家裡沉默著看電視，連女朋友一直一直打來的電話都不接也不回，我還沒有想清楚我們是應該分手還是再繼續。我想起她曾經告訴過我：

「能夠擁有選擇權是一件幸福的事情。」

我當時不知道她這句話什麼意思？我不知道她現在過著什麼樣的生活？是不是依舊老是愛錯男人？我只記得她那漫畫似的大眼睛眨啊眨，好像一隻活潑無害的長毛吉娃娃。

我的確是個自私到可怕的女人嗎？

我不知道，也懶得去想，我現在只想要一個人靜一靜。

我這陣子唯一能爲自己做的事情就是起床刷完牙後記得把頭髮梳一梳。

我每天窩在家裡看電影。

電影台播來播去就那幾部，終於看煩了重播之後，我去租書店找影片看，一開始是從排行榜的電影一部一部看，然後是比較近期的那些，等這些那些都全部看過一輪之後，我移動到老電影的那些架子前。

有天我看了王家衛的《東邪西毒》，因爲是舊片所以能夠七天之後再還就可以，這是一部好老的電影了，電影上映那一年我才幾歲呢？我懶得算了。

我這七天一直在重看這部電影，看到我都想跟租書店老闆說乾脆這影碟讓我買下來好了；滿奇怪的一部電影，劇情不太好懂，不過很多台詞都被我重看到幾乎背下來了。

「以前，我覺得那句話很重要，因爲我認爲有些話一旦說了就是一生一世。現在想想，說不說也沒有什麼分別，因爲事情是會變的。」

一生一世。

永遠。

有些話，說了就是永遠，眞的就永遠。

我還是喊了他爸爸、在他意識還算清醒的最後那幾天，我練習了好久才終於喊出口，畢竟喊了一輩子的叔叔，要改，不容易。而被他祕密當了一生女兒的我，最後，唯一還能爲他做的，也只剩下這個。

永遠。

七天之後，我還完影碟走回一個人的老房子，有種心底某個什麼**突然鬆開來**的感覺，我不知道該怎麼解釋這感覺；我終於打起精神把存摺拿出來仔細算過，扣除半年左右的基本生活開銷之外，我居然還有足夠的錢去一趟夢想的巴黎；相當驚訝的發現，感謝媽生給我用錢謹慎的性格以及這幾年來辛勤工作還有廉價航空的便宜機票。

這是我生平第一次出國，只有我自己，以及爲此去買的旅行箱。

航班要轉好幾個地方，是那種相當奔波的飛行，外幣可能要換好幾種，不過我無所謂，反正其中一個轉機點是香港，就當作是向王家衛以及香港電影的致意。

廉價航空。
背包客客棧。
三餐只吃三明治。
每天喝兩次咖啡。
睡前一罐啤酒。
巴黎。
夢想。
並不是多麼困難的夢想，怎麼這幾年我一直老是告訴自己沒錢沒時間然後一直拖著延著不去完成它？

我在巴黎鐵塔前給自己拍了張照片，照片拍得還不錯、就一個沒有自拍棒的人而言，我沒有把這張照片上傳臉書打卡，實際上除了媽之外我沒有告訴任何人這一趟旅行；以前去哪吃啥都要拍照打卡紀念炫耀的我，現在變成用眼睛感受我所看到的世界。

我把視覺的主導權從手機要回來。我們究竟是要多迫不及待分享發佈自己的所見所聞吃喝玩樂和感受？

就著這個問題我在巴黎鐵塔前想了想，然後，我走去附近觀光客很多的商店買了一張明信片寄給媽，在明信片上，我寫著：

下輩子換妳當我女兒好了，當媽媽好像很累。

P．S．回去後我會努力賺錢帶妳出國玩。

我故意把字寫得很大，因爲媽有老花眼，好幾年了，但卻始終堅持不戴老花眼鏡，因爲她覺得老花眼鏡太貴了。

回程我搭直航的飛機，此趟旅行唯一的奢侈。

飛機上我的座位前是一個很有氣質的年輕女人，女人獨自帶著兩個混血兒飛行，之所以會知道這個是因爲十幾小時的飛行我一直在看他們。我沒看到男主人。

才想著她會不會也是台灣人的時候，有個女人遠遠走過來並且認出她然後主動開口寒暄，她們聽起來好像很久不見，寒暄的是那種滿身精品但令人厭惡的女人，以前工作上我遇多了這種人，她們生活裡唯一的樂趣就只剩下打量對方身上的行頭價值多少錢？典型的討厭鬼，沒別的。

以前的副理也是這一型女人，我討厭她很久了。

我偷聽著她們講話，她們好像曾經是同學，在這班飛行裡巧遇，我還聽到她們今年好像會有同學會，然後討厭鬼邀她一定也要去；本來我以爲這很有氣質的年輕媽媽會客客氣氣禮貌回應：一定一定。

可是沒想到，結果她說的卻是：

「那幾年，妳眞的是很賤。」

我笑了出來，是因爲討厭鬼尷尬的走掉之後，那兩個混血兒緊接著追問：很賤是什麼意思？

飛

行

我想起我曾經也很想要有自己的小孩，為的只是老了可以有人照顧，這樣而已；可是我自己照顧過媽嗎？照顧過叔叔嗎？

降

落

下了飛機之後，我留了訊息給女朋友，告訴她、我終於還是帶自己去了趟夢想的巴黎，而且有帶旅行紀念品給她；我不知道她會不會回我的訊息？我只知道這陣子我對她很賤。

明天的事情就留待明天去煩惱好了。

拖著行李，我走到最近的便利商店，買了一罐養樂多給自己喝，冰冰涼涼的那種。

# 第五章　美好的100種線索

那種
無時無刻都在被打分數
的感覺

我經常會擔心自己說錯話做錯事得罪人，我從小就是內向又慢熟的孩子，我後來漸漸變成一個不多話不顯眼不加入任何小團體的獨行者，我不是從一開始就是這樣子的人，我沒想過原來在別人眼中，我會是個不受歡迎的人。

高中我念的是私立女校，學生大多是菁英人士的有錢小孩，學校距離我們家有一點點遠，而我們家境小康，比上不足但比下有餘的那種程度，想來可能是爸媽求好心切也可能是純粹想給女兒最好的選擇於是讓我念了那所私立女校，我知道自己是該心存感謝，只是有的時候我難免會納悶：什麼才叫作最好？

男孩要粗養，女孩要嬌養。有次我在一部中國電影裡看到有個富爸爸的角色說了這句台詞，我當下真是忍不住百感交集：或許我的爸媽只是思想走在時代尖端而已。

爸媽都是基層公務員，年輕時趁著房價還合理時在市區買了棟透天厝，不過開的一向都只是國產車，而兩個弟弟念的都是公立高中和國立大學，就唯獨我這個長女，念私立女校，研究所還去英國，從此過著異鄉人的生活。

嬌養。

我在那所私立女校過得不是很快樂，班上好多同學都是有錢人家的小孩，離名門之後是有段距離，大多是地方人士的有錢小孩，媽媽們通常都一副貴太太打扮、或者也可以說是儘量讓自己看起來像貴太太打扮的那種女人。那種很愛給人打分數的女人。

這種女人教養出來的小孩就是從小就很勢利，她們聊著我陌生的名牌精品，她們不懂那些居然要搭校車上下學的學生，這些學生在她們眼中大概就已經是所謂的窮人了吧？確實在她們眼中就是窮人了，她們從小嬌生慣養專車接送，有的甚至還會配上保鑣維護安全。

而我剛好是搭校車上下學的學生。

其實班上不只有我是這樣，但是天曉得爲什麼？班上那個領頭的天之驕女就是特別喜歡針對我，我說話時她嗆我，我做事時她挑我，我連安靜待在旁邊她都要說我這人就是孤僻討厭。

我做錯什麼了嗎？

雖然這一切遠遠稱不上是霸凌，但她確實處處針對我，存心爲難我，並且若是有人跟她一樣也討厭我，那麼她就會因此顯得非常開心；她開始食髓知味的排擠我，她會邀請全班同學去慶生派對就是剛好沒邀請我，她有時候會包下餐廳請全班吃飯就是唯獨沒知會我，她不用明說大家都知道她討厭我，雖然不是故意，但確實班上漸漸沒什麼人願意和我走在一起，連原本那個坐在我位置後面、因此變成我班上第一個認識的同學，也開始變得好像看不見我。

我做錯什麼了嗎？

後來連老師也是。

往後回想，那眞的是非常無聊並且幼稚的事情，可是當下正經歷著**那個畫面**的我，卻眞的眞的因此感到難受，非常非常難受，難受到甚至想要抹滅自己的存在。

那堂課是我們交換檢查作業，而天之驕女不知道是哪來的靈光乍現，她報告老師我作業寫錯，可是我明明就沒有寫錯，這在老師親自檢查過後也確認，但是可能那天老師想要息事寧人或者可能只是想要給天之驕女一個台階好下，更可能只是那天他剛好精神疲勞所以不想再煩，無論如何結果是老師含糊教訓了我幾句話，然後沒事般的宣佈開始上課。

沒有人替我說句公道話，連老師也是，當下最打擊我的是這一點，我覺得委屈，可卻又求助無門，其實還有很多諸如此類的大小事情，只是我根本就不想再提。我從來沒有把這些事情告訴過爸媽，我只是懷抱著忍耐的心情把高中那三年過完，但同時卻在那三年裡給自己貼上標籤：原來我是個相當不受歡迎的人呢。

直到我遇見她。

大學的時候她也是班上同學眼中出風頭的女生，那時候她會讓我想起那個被鎖在回憶裡的天之驕女以及被討厭的自己，我在她們身上看到好多相似的人格特質，於是我自然而然會儘量離她很遠，遠得最好不要被她看見。

那種被公然討厭排擠的心理陰影還跟著我，不明就裡。

可是後來我們卻變成很好的朋友，不是彼此在班上最好的那種，但確實友誼在畢業之後還延續；有一次我失戀了被背叛，她還陪著心碎的我坐在宿舍樓梯口剪碎那個劈腿男同學的照片。這是她的提議。

「這樣好像有點不吉祥耶，有種在詛咒他的感覺，萬一這幾天他真的突然死掉怎麼辦？不就變成我們害的嗎？」

我有點擔心，但她卻立刻反應：

「那我們就多燒點紙錢給他嘛。」

哈哈哈哈哈哈，我被她逗得破涕爲笑，然後跟著動手剪照片，不過我有發現，先拿起剪刀的人確實是她沒錯，但是她只巧妙地剪開我們合照，而真正剪碎他照片的人還是我。

滿奸詐的其實。

男同學並沒有因此突然死掉，男同學後來活得好好變成男人，男同學後來娶的也不是那個劈腿學妹，男同學後來娶了一個胸部很大的女人，還生了個相當帥氣的兒子。這些都是她後來告訴我的資訊，後來他們因爲班上同學的關係於是在臉書上互加好友，還會在同學們設立的社團互相回應貼文的那種，他們的回應非常毒舌可是好笑。

「他這人其實滿有幽默感的，有一次我回應他最新的照片，說：有沒有人覺得你長得很像那個做菜節目的廚師明星詹姆士？結果呢，他就回：還眞有，不過我岳母通常是說我長得像日本節目《猩猩狗狗大冒險》裡頭那隻也叫作詹姆士的英國鬥牛犬。」

哈哈哈哈哈哈。她轉述得捧腹大笑，她的笑點一向很低，她是個愛笑愛鬧的女孩，我猜她沒有告訴男同學、當年我們一起把他照片剪碎的往事；過去在他們眼裡彷彿風輕雲淡，無痕跡。人們爲什麼都可以那麼輕鬆就忘掉過去？

她一向是個聰明又大膽的女生。

而天之驕女也是，聰明，大膽。

想來也眞是有趣，兩個同樣類型的女生，眼裡看見的卻是完全不同的我，天之驕女覺得我是個討厭鬼、根本就是不應該的存在，而她眼中的我卻是個或許木訥但十分眞誠的朋友；於是我才知道：原來有的時候並不是我不好，只是碰巧，我遇見了認爲我不好的人，這樣而已。

大學畢業後我去了英國留學，先念語言學校，然後研究所這樣，研究所畢業的那年我接著嫁給了班上的法國男同學，就這麼變成異鄉人，從此跟著定居巴黎近郊。

「巴黎很美，但巴黎人同時也是全世界最討厭的人種。」

老公有次這樣告訴我，老公說得沒有錯，全世界最美的城市，以及，全世界最討厭的人種。

後來我變成兩個混血男孩的媽媽，兩個兒子會說法文中文和台語，台語要感謝媽媽每年夏天親自飛來法國的教導，一開始我有點擔心媽媽語言不通又長途奔波，但後來想想也好，趁著還有體力時多出門走走，反正那時候她退休了沒事做，眼看著自己兩個兒子好像完全沒有要結婚生子的打算，於是就這麼放棄了催促、飛來找兩個孫子玩；每隔兩三年我也會獨自一人帶著兩個兒子回娘家住上一兩個月，讓他兩老享受一下含飴弄孫的快樂，順便也放自己一個喘息假。

我是當了媽媽之後才知道原來當媽媽好累。累死了。

有的時候我會納悶、像她那樣的女生往後會變成什麼類型的媽媽呢？相當孩子氣的類型嗎？或者生了跟她一樣古靈精怪的小孩呢？

我很難想像她變成媽媽的樣子，正如同我沒有想到後來她會變成第三者。

那是我們最後一次見面的那一次，那時候我連老大都還沒懷上呢。那時候我們還年輕得不像話。

那時候她談了一場不道德的戀愛，而我心直口快的指出這一點以及其中的不應該，我接著提起自己那年被男同學背叛的心傷，以及、是的，我恨第三者；我試著勸她結束這段感情，我說這不是一段好的愛情，年輕可以是藉口，但是不能是結果。我可能還接著說些妳值得更好的男人諸如此類的話語，但是她明顯連聽都不想再聽。

「不然，這次換我陪妳剪照片好不好？」

「我沒有跟他合照過。」

她說。

她看起來不是很高興的樣子，只是我判斷不出來她不高興的是他還是我？我再一次想起那個總是擔心說錯話做錯事得罪人的自己，我有點害怕這種感覺。我不想再變回從前的那個自己了。

我們沒再和彼此聊過這件事情。

老公又升職了，他這次是被別的公司挖角，於是我們舉家要搬去日本。

「我不喜歡巴黎。」

老公解釋。其實不用他說我也知道，他娶了個東方女人，他一直就很喜歡東方文化，雖然他認識我的時候連日本女人和中國女人都搞不清楚。

「而且這樣不是很好嗎？我的工作只會越來越忙，而且離妳媽媽家也比較近，近很多！」

是啊，的確是很好，但是搬家很累，老公的工作很忙又幾乎幫不上忙，我於是行軍般的指揮兩個兒子幫忙整理這個收拾那個，而且狗也要一起帶去日本、這是當然，動物搭機的檢疫，老大轉學的辦理……之類的一堆雜事要處理，而且，我們又要學新的語言了。

好忙。

一切都忙到個段落之後，狗和行李先託運到日本由老公在當地的友人代表接收照顧，而我則單獨帶著兩個孩子飛回台灣度個小假。我快累死了。

就是在那趟航程中，我巧遇當年的天之驕女。

高中畢業後我完全沒有和任何高中同學聯絡過，不過這幾年即使遠在千里、我仍舊可以在台灣的網路新聞讀到她家道中落的報導。原來是個欠稅大戶呢、他們好丟臉喔。我很幸災樂禍但也相當驚訝。

我更驚訝的是我們居然會重遇，並且，是她主動認出我來。

天之驕女讚美我的兩個兒子很俊，我僵硬著微笑道謝。

天之驕女聽到老公的職業好像有點羨慕，我完全不想知道她結婚了沒？過得如何？坦白說她過得越糟我會越開心。但我還是僵著笑臉勉強應對。

天之驕女提到今年可能會辦同學會，天之驕女好親密的跟我許下約定：

「到時候妳一定要來喔！帶這兩個小帥哥一起來！」

「如果那時候我人在台灣的話。」

本來，我以爲我會客套的回應這句，可是不知怎麼的，話到了嘴邊卻變成：

「那幾年，妳眞的很賤。」

我說，然後目送她尷尬走掉。

我毫不後悔對天之驕女說出這一句話，我甚至有點高興居然還有機會可以當面對天之驕女說出這句眞心話，我忍不住想像：如果換成是她的話，是不是也會這樣對天之驕女說呢？

於是我發現：交了一個不一樣的朋友，就會變成不太一樣的人。

我只是有點煩惱該怎麼跟兩個兒子解釋很賤是什麼意思？早知道我就說英文好了。

不難。

要找回一個失去聯絡的朋友不難，因爲網路時代，因爲共同朋友。難的是跨出那一步。

我跨出了那一步。

透過唯一聯絡著的同學、我輾轉得到她的ＬＩＮＥ，我傳了訊息給她，然後立刻開始想太多，我擔心她會不會回我？我害怕她已忘記我，我想著我們當初之所以會失去聯絡不就是因爲她開始不再見面了？我覺得那時候她好像已經不想再看到我了，我——

我想太多了。

她在半夜回了我訊息，而我隔天睡醒看到。

我們往來著訊息聊天敘舊，聊聊共同的過去以及彼此的現在，就像所有久別重逢的老朋友那樣；她感覺沒什麼變，但又好像哪裡變了，我說不上來。我告訴她下星期就要回日本，我鼓起勇氣問她方不方便見個面？我還是覺得她會拒絕我，她從以前就是那種很擅長也很敢拒絕別人的個性，我依舊記著後來每次回台灣她都拒絕我的邀約，我一直判斷不出來那是因爲她眞的忙還是在生我的氣？

回過神來，我聽見手機響起的鈴聲。她直接打電話給我。耳邊，我聽見她依舊開朗的聲音，熟悉得好像我們才三天不見。

她單刀直入的說：

「明天下午三點如何？妳家轉角的全家。」

「妳還記得我家？」

「有經過幾次，不多，但次數加起來應該還是比妳多喲。」

我笑了起來，她故意裝可愛但意圖是挖苦對方時就是這語調。她這點沒變。

我提議要不要約個比較特別的地方？畢竟這是我們久別的重逢，這幾年是不是很流行復古的文青咖啡店？還是她會偏好有設計感的時髦餐廳？或者她會想要去她沒去過的新開的店？

她果斷的告訴我不用麻煩了。

「方便就好，反正重點只是見個面。」

她變了，但也沒變。

她還是那個容易帶給對方緊張感，但同時卻又能夠立刻讓人放鬆的個性。

她還是我記憶裡的那個她，只是丟了一些，也找回自己一些。

「美好的100種線索。」

下午三點鐘，我站在全家門口看著她遠遠朝著我走來，而這，是她開口對我說的第一句話，沒頭沒腦的一句話。

指著我身後的海報，她解釋：

「我喜歡這句話還有這設計，很簡單，但越簡單越難。」

我們就著這話題聊了一會兒。

這是她的專業，如今她儼然已經是個事業女強人，擁有自己的設計工作室，接手過不少大案子，認識很多名人和企業。但此刻就坐在我對面的這個女人，身上卻完全看不出世故的模樣。

越簡單越難。

我問她還是喜歡自己的工作嗎？她果斷告訴我是的。

「我喜歡大家看著我的作品，可能是喜歡可能是批評，但是他們通常不會知道設計師此刻就坐在旁邊偷聽這一切，很好玩。不過這美好的100種線索不是我的作品，先解釋。」

她笑著說。

在下午三點鐘的全家便利商店，手裡握著第二杯半價的熱咖啡，我們開始閒話家常，好似從前。

就是在這種慵懶的氣氛裡，我突然告訴她關於天之驕女還有曾經被全班討厭的過去，但我沒有說，她倆給我的感覺好像。

然後，是的，我聽見她說：

「天啊，這女的好賤。」

我笑了起來。

如此相似，卻又如此不同。

趁著話興，我問起她的感情狀態，聳聳肩，她淡淡的說：

「我最近愛上一個同業，狠狠的那種愛上，連我自己都嚇壞了，好久沒有這樣愛上一個人的感覺，我指的是那種錯過不行的感覺，我都想不起來上一次有這感覺是什麼時候了。可是我不確定他是不是男同志，我有時候覺得他好像是又好像不是。」

「有照片嗎？」

「沒有。」

她很快的說，說得太快，快得像是在否認；接著她提起一些兩個人互動的經過，但說得並不細節，她說得有所保留。最後，她總結這句：

「有些男人就像貓，愛喵又愛躲。」

然後她轉換話題說起那隻貓的故事。

那是寒流來襲的夜晚，好冷好冷，她工作室附近來了隻小小的流浪貓，喵喵叫，好可憐，她於是穿了外套踩著拖鞋左手拿著餅乾右手拿著舊毛巾想要餵貓以及給牠一點溫暖，或者、就乾脆讓貓在工作室待下來住好了；然而貓咪遠遠的看著她，想接近卻又防備，貓明顯餓了冷了，可在那寒流來襲的夜晚，面對陌生人想要給予的溫飽卻仍然僵持不肯前進靠近只是依舊喵喵叫。

防禦心相當重的一隻貓。

「那男的就像那隻貓一樣，愛喵又愛躲，活該！」

她嘖了一聲的說。

「反正，不管他是不是同志，他大概都沒有想要愛我的意思。我是說，我曾經直接問過他，不過他不講就是不講。他和他同一個星座，也同一個德性。」

我知道她正在說誰，所以我笑了起來，而她也是。

「他們連生日都剛好是同一天喲，媽啊！他們兩個人眞的好像，在我看來他們兩個人的個性根本就一模一樣！」

「他過得還好嗎？」

「老樣子，還不錯，依舊神神祕祕，就是那種明明跟你很熟了可是突然的就會想要硬是拉出個安全距離的討厭個性，無聊！」又一個鬼臉，然後她試著正經的說：「不過最近他給自己買了個房子，三房兩廳的老公寓，價格還合理，只是房子會漏水。他眞的很需要個賢內助喲。」

更多更多的笑。

「欸，給妳看陳年緋聞情侶的最新合照。」

她調皮的說，然後滑開手機秀出他們的照片，那是一家綠意濃厚的白色咖啡店，室內有很多的綠色植物，落地窗外還有一大片草皮。他們的合照看起來真的好像是情侶，而且還是交往了很久的那種。

他們眞的沒有在一起？

「那天我還故意把合照上傳臉書，然後同學們以爲我們眞的在一起了、或者以爲我們一直就在一起，很好笑，看得我超級紓壓的喲。」

她笑了起來，然後開始建議我眞應該辦個臉書帳號。

「單純偷看大家的動態也很好玩喲。」

「還是不了，我一定會忍不住就回應，而且可能還是不受歡迎的那種回應。我知道我這人的毛病，一不小心就會亂說話得罪人還不自知。」

她低頭喝了口咖啡，但是沒有多說什麼。我不知道此刻她在想著什麼，而我則是正在想著我們最後的那次見面，以及我的心直口快，我試著重新聊起也試著解釋，或者就直接說是試著道歉好了，可是她聽了之後卻只是聳聳肩膀，輕描淡寫：

「都過去那麼久了，我連他的名字長什麼樣子都忘記了，實際上我連已經忘記他的這件事情都忘記了。」

她說。

她只說。

只這麼說。

她眞的把過去的那個自己丟了。

「所以呢，妳覺得每個人都應該爲了愛情勇敢一次嗎？」

「喔，不止一次。」她明快的回答，「因爲我們通常一輩子不會只愛上一個人，而至於每個被愛上的人，都應該擁有一次被勇敢的權利，當然，當對方是個不好不對或者很明確不愛自己的人，則不在此限。」

「所以，這次這個讓妳久違的狠狠的愛上的像貓的男人？」

依舊明快的，她說：

「這男的連性取向都不告訴我了，我是還要愛他什麼啊？」然後，依舊是那種丟了的爽快口吻：「而且，我已經為他勇敢過一次了。」

「這男的？」

「就變成只是個這男的。」

「就這樣？」

「就這樣，結案。」

就這樣，結案。

在午後的便利商店裡，她輕爽的說出這句話，說得風輕雲淡，像是汽水般的輕爽，看著眼前貌似灑脫的她，我只是在想：她把痛都藏哪去了？真能都丟了？

# 第六章　雨後一道彩虹

那種
聽說你過得不是很好，坦白說我覺得有點活該
的感覺

終究我還是給自己買了房子搬出去住。

以家離公司太遠、而且工作也越來越忙，所以不想浪費時間在辛苦通勤爲理由，我向爸媽提出想要自己買房子的決定，我心想他們應該不會反對，因爲弟妹已經懷了老二，隨著孩子越長越大，家裡的房間遲早不夠。

他們果眞沒有反對，只是語氣裡對我好像有點抱歉，畢竟身爲長子的我按習俗好像是應該繼承這棟房子，而已經是人夫人父的弟弟才應該搬走自立門戶才對，不過實際情形是這一對家庭工作兩頭燒的新手爸媽相當依賴老人家分攤新生兒無窮無盡的活力，而老人家也相當滿意有兒孫熱鬧他們老後的生活，於是最後的決定就是我自己搬出去住好了，因爲我眞的是受夠小孩的半夜哭鬧或者歡樂喧譁以及滿屋子的玩具。小孩眞的很吵。

尤其公司高層明年好像要進行人事改組，在這之前我起碼得擁有足夠的、不被打擾的睡眠。

或許因此懷抱著某種程度的虧欠感，爸媽主動提出要贊助我頭期款的提議，連弟弟都說新屋落成之後他要送我一台夢想好久的大電視，我先謝過他的這點心意，但同時警告他到時候不可以每個週末都帶過度活潑的侄子賴在我的房子裡看大電視。

「那我自己去總行吧？我眞的受夠卡通了。」

「不要，對而我言，連你都算是太吵了。」

「你就是這麼冷酷無情，活該一直交不到女朋友。」

「隨你怎麼說。」

隨你怎麼說。

算算這幾年工作的積蓄以及爸媽贊助的金額，本來我心想買間大套房就已經綽綽有餘還不必貸款，然而在看房子的過程中、我才知道自己眞是太傻太天眞，爸媽強勢要求我起碼得買兩大房的格局，而且最好還是三房兩廳才理想。

「不然你以後結婚生小孩還要再重新買過，那更麻煩！」

「而且住套房的男人和住三房兩廳的男人在想要結婚的女人眼中是完全不一樣的男人。」

「我又沒打算要結婚生小孩，我連貓都不想養。」

我很想要這麼告訴爸媽，可是最好我敢。

最後我在公司附近的小巷弄裡買了三房兩廳的老公寓，房價相當合理，屋主在最初看房子時就誠實告知這房子會漏水的事情。

「不嚴重，要下大雨才看出來房子會漏水，可是今年沒怎麼下雨，所以我也一直拖著沒叫人來修理，你知道、現在工人難找，水電工啊油漆工啊捉漏師傅啊這類的，你捧著錢人家還沒時間理你哩。」

我告訴屋主沒有問題，因爲工作的關係、所以這方面我有認識的業者，由我自己來找捉漏工人可能還比較快，於是他快樂的提出相當乾脆的數字，而這數字爸媽聽了之後也很滿意，就這樣，我變成這老公寓的新主人，只有自己一個人住的那種，而至於漏水則是因爲工作實在太忙所以也一直拖著沒去處理，反正今年的確沒怎麼下大雨，而且重點是：我終於能夠和自己的祕密住在只有我自己的房子裡自由自在生活。

祕密。

青春期的時候我就很確定自己喜歡的是男生，我的家庭健全，我的童年愉快，我的意思是：性取向是天生的，這麼簡單而又明確的事情爲什麼永遠有人搞不懂？

第一次意識到同志這件事情是國中。

國中時班上的女生幾乎都已經發育完全，至於男生則是一半半的比例，而我是屬於早熟的那一半，生理上已經發育完全，連身高都可以算是高大，就唯獨心理還有點懵懵懂懂的，我不太明白自己的眼神爲什麼總是會追逐著那個身形嬌小的男同學？他是好可愛的一個小男生、我眞覺得，大眼小臉四肢細瘦，可愛到像是直接從漫畫裡走出來的模樣。

我們國中三年幾乎沒有過任何交談，實際上他國中三年幾乎和我們這群四肢發達的男生沒有過任何交集，他只喜歡和女生玩在一起，他甚至有一點點想要避開我們的意思。他可能是害怕會被我們霸凌。

同性戀。

很多同學會私底下這樣議論他，有些同學實際上會公開這樣挑釁他，他始終不明白自己做錯了什麼要被這樣對待？他從頭到尾都只想躲我們躲得遠遠，這讓我好想要保護他，可是我始終沒有這麼做，我聰明的知道別給自己找麻煩。

我的初戀是在高中，對象就是那一型嬌小可愛的男生，我們愛得低調壓抑，我們那時候的社會風氣還很保守，但是這沒問題，反正我本來就不是那種愛張揚的性格，反而比較麻煩的是我的外表我的個性剛好是女生會喜歡的那一型，在那絕大多數人都情竇初開的年紀，這的確造成我某種程度上的困擾；我無意害女孩傷心，可是另一方面，我也不至於要體貼到把真正的自己說給她們聽。我知道人們有多麼熱愛八卦。

眞正的心意只需要說給眞正需要的人聽。

我是這麼認爲的，不是自私，只是聰明而已。

「我爸媽希望我專心讀書，不喜歡我太早就談戀愛。」

於是在高中那三年，我說了幾次這句話，讓幾個女孩失了望，沒辦法，我有自己的底線。

我爸媽希望我專心讀書，不喜歡我太早就談戀愛。

這是我的藉口，卻也是個事實。

爸媽的確告誡過我這件事情，也曾經提心吊膽過女生緣太好的我會害女生早早懷孕，他們根本就搞錯方向了！有時候我還會在心底這樣嘲諷他們。

只是，這藉口到了大學卻顯得有點沒說服力。

大學我刻意選了離家好遠的學校，在外宿那四年裡我感覺到前所未有的自由與解脫，我遇見幾個男孩，談了幾場戀愛，傷過其中幾個的心，也被其中一個傷過心。

並且，我遇見她。

「你幹嘛一直不交女朋友？你是不是男同志？」

這是她對我開口說的第一句話。

她是我大學室友的女朋友，我很確定她對我說這句話的時候我們連朋友都稱不上是。

這個像火一般的女生帶給我很不一樣的感覺，我始終說不上來那是什麼感覺，只是偶爾我居然會這麼想：如果我喜歡的是女生，那麼或許我會愛上她也不一定。是的，我居然曾經認真思考過這個問題。

她就像所有我喜歡的男生那樣：嬌小，強烈，不設防。個性像小孩子一樣想到什麼就講什麼，絕大多數的時候還是邊想邊講，我經常受不了她的直接，可是確實，我喜歡她的不設防。對於這樣的人，我經常不明就裡會湧起想要保護對方的欲望。

我從來沒有正面回答過她的這個問題，關於我喜歡的究竟是男生還是女生的這個問題，她後來問過我好幾次，可是她越是想要知道、我就越是偏偏不要讓她知道，我還眞說不上來爲什麼自己要這樣，好像是在逗貓一樣。我明明就知道她雖然一副迷糊樣並且開起玩笑來還眞是令人替她捏把冷汗的那種大尺度，但是隱藏在這樣僞裝底下的她卻是非常明白什麼能講什麼不能講。她也是個知道底線的女孩，她只是故意裝出什麼都不在乎的模樣好自我保護而已。

聰明的女孩。

只是這聰明的女孩一旦沾上愛情的邊就會容易被制約，我始終不明白她當初究竟是看上我那明顯有自戀傾向的室友哪一點呢？眞是個難解的謎，難解的謎還包括在他們不愉快的分手之後，爲何我和她還是好朋友但我和室友卻不再是朋友呢？眞是不曉得我究竟是哪根筋壞了，居然和她的友情一直維持到畢業後還不斷。

不斷。

唯一可以確定的是，我們要好的感情在當時造成了很大的八卦：大家都以爲他們之所以會分手是因爲我的介入。然而置身其中的我們三個人都明知道這根本就不是事實，但很奇怪的是，我們三個人卻都像是約好了似的、故意不跟大家解釋；就讓他們盡情想像、誤會好了！看著他們不知道自己誤會的有多好笑也是滿好笑的一件事情。大概是這方面的嘲弄。我們。

或許我們三個人在本質上都擁有相同的人格特質？

都像貓。

「欸！我們好像變成緋聞情侶了喲。」

後來，她甚至會拿這八卦開玩笑。這女的心臟眞的很大顆。

後來，她也會開玩笑似的慫恿我：

「總有一天你要爲自己勇敢說出這句話：我喜歡的是男人還是女人，究竟關你什麼屁事？」

她講話眞的好粗魯。

她是什麼時候發現的？

／／／

那天，我突然接到她傳來的訊息：

「你在公司嗎？」

「對啊。」

「我要拿東西給你。」

「什麼時候？」

「現在。」

眞受不了。她到底知不知道我很忙？爲什麼每次都不先預約？每次見面都不先預約的她還命令我：

「你走出來。」

「不要。」

我說，然後我就拿著手機起身走了出去。

我站在公司樓下的停車格抽菸順便幫她佔停車位，頓時覺得自己好像忠犬八公。她是不是要拿旅行小禮物給我？我記得她最近剛飛了一趟東京回來。

在這三分鐘左右的時間裡，有兩台車子試圖想要停在這裡但是看我站著所以就開走了，其中一台曾經猶豫了一會兒、好像想要按下車窗和我理論幾句的樣子，不過經過十秒鐘左右的思考之後，決定還是往前去找下一個停車位好了。

公司附近還算是好停車，只是剛好，我佔的是離這棟辦公大樓門口最近的好車位。

然後，我遠遠看著她的車打著方向燈慢慢開過來。我發現自己的嘴角漾起了微笑，不由自主的。

像貓又像狗，後來的我們，在彼此眼裡。

P檔，手剎車，沒熄火，按下車窗，她遞了張名片給我，不等我問，就直接說：

「這我認識的傢俱公司，報我名字可以拿友情價。你還沒買傢俱吧？」

我是還沒買，但我才不要告訴她。我不喜歡被她猜中的感覺，雖然我每次都被她猜中。我問她：

「我以爲妳是要拿旅行禮物給我。妳這次是跟誰去日本？」

故意略過我的問題，她說：

「我是有給你買一盒巧克力啦，可是又想到你最近胖很多，所以昨天晚上就幫你吃掉了，搭配紅酒喝！」

「我才沒有變胖！」我呿了一聲，然後問：「那不是很苦嗎？」

「巧克力還紅酒？」

我歪著頭向她比了個手指愛心的手勢，她因此給了我**那個表情**，我很喜歡看她那個表情，彷彿是專門爲我而存在的表情。我沒看過她對別人露過那個表情。

「要不要上來喝杯咖啡？我煮給妳喝。」

「通常男人對我講這句話都是因爲想要那個。」

「不要隨便跟男人開這種玩笑好嗎？」

「反正你又沒差！」

我大概也是對她露出了某個表情，因爲此刻她咯咯竊笑。也是只爲她而存在的表情，**那個表情**。

「妳突然跑來找我，不只是爲了這個對吧？妳又怎麼了？」

「把那個又字給我收回去。」

猜中了。

「男人？嗯？」

「好了我要走了，才不想爲了你付停車費。我很忙。」

好，那我就知道了。男人。

「這星期六來我新家喝咖啡如何？雖然我還沒有買傢俱，只先買了一張床墊擺著睡而已，我很忙。妳有沒有剛好也認識捉漏師傅？氣象預報說這幾天會下雨，我很擔心我那會漏水的房子會開始哭泣。」

「你這個沒血沒淚的男人買了一間會哭的房子？」她很快的說，然後很故意的誇張：「你眞的需要一個賢內助耶，你自己知道這件事情對吧？」

「算了，星期六我還是去買傢俱好了，我會記得報妳名字。」

「好啦，三點，老地方？」

「不要，妳外帶兩杯咖啡以及一個捉漏師傅來找我。」

「可以，我會外帶兩杯咖啡以及一把斧頭去砍你。」

「好吧，那就三點老地方。」

她哈哈大笑，然後離開。

我就這麼站著目送她的車子消失在街的轉角之後才轉身走回辦公大樓，眞的像忠犬八公。嘖。

／／／

她提起了那個男人，在下午三點鐘的咖啡店裡，她還說了狠狠的愛上這五個字，我想不起來她上一次這麼形容自己愛上一個男人是什麼時候的事情了？她不是每一段感情都會告訴我，正如同她怎麼也不肯告訴我、這一次她是和誰去日本？而我也偏不要告訴她、那一次我是爲什麼要去曼谷。

和她對峙很好玩。

我看著她手機裡**這個男人**的照片，相當帥氣的一個男人，並且，明顯的有自戀傾向。這一次我有爲了她收回又這個字。

又是個明顯有自戀傾向的男人。

「最惱人的是什麼你知道嗎？你和他給我的感覺好像！你們兩個人個性都一模一樣！而且你們居然連生日都是同一天！氣死我！」

回過神來，她正在說。我想起幾年前她曾經情緒崩潰的在電話裡問我：

「你爲什麼不愛我！」

我那時候沒有回答她，因爲我知道她當時眞正想問的人並不是我，而是某個讓她問不出口的男人。我只是個情緒的出口、對她而言。

我想像她當時的表情大概就是現在這樣：情緒滿溢，但神情壓抑。她那次在電話裡不壓抑，她那次在電話裡任由自己的情緒潰堤。她這幾年的確是有所改變，變得比較內斂，比較沉穩。是誰讓她變了？

她爲什麼老是要愛上那種男人？而我呢？

我聽著她繼續講，然後我在心裡繼續想：

我始終覺得能夠被愛並沒有什麼了不起，有的時候只要運氣夠好就可以，但能夠被一個人同時愛著卻又恨著，那才是眞功夫。直到目前爲止，我遇過兩個有這身功夫的人，一個是男人，一個是女人，而這兩個人，曾經是情侶。

其中一個，此刻就坐在我的對面，在下午三點鐘的咖啡店裡，我們總是約著碰面的這家綠意濃厚的白色咖啡店裡。

那時候她就知道了嗎？

我猶豫著要不要告訴她、那個我們曾經都愛過的男人，他後來過得不是很好，他後來欠了一屁股債，還跑路躲到曼谷，而對此我的感覺是活該，是的活該，聽說他過得不是很好，坦白說我的感覺是活該。

當年我向他表白自己的同志身分，可是他的反應讓我有點傷心，眞正的心意只需要說給眞正需要知道的人聽，確實在我眼裡、他就是這麼個眞正的存在，雖然明明知道他生理上並不愛我，可是我就是沒有辦法放棄。也沒有辦法對他說不。

或許他就是捉住我愛他的這個情感弱點，在跑路之前、好久不見的多年以後，他突然又冒出我的眼前，爲的只是借一筆錢。而這件事情我從來就沒有告訴過任何人，包括她。

有祕密的人。

她那時候就知道了嗎？

他有沒有告訴過她？

回過神來，她正在問：

「所以呢？你是不是男同志？你如果是男同志、那我就當他也是，然後，結案！」

「聽不懂妳在講什麼。」

「就直接承認自己是同志，眞有那麼難嗎？」

她還是和當年一樣直接，而這麼多年來，我還是不願意正面承認這個事實。底線。

我腦子裡重新浮現這兩個字，然後我發現，我突然想把這一切都告訴她：她愛過的他，我愛過的他，還有後來跑路了的他。可是我沒有，話都到了嘴邊可是我還是說不出口，我只是低頭喝了一口咖啡，這樣而已。

「妳自己談戀愛都不公開了，我幹嘛要公開我的性取向？」

我只是這麼說，然後她的反應是大笑，可是笑著笑著，她卻開始哭了起來。她好像眞的很愛這次這個男的，狠狠的。

「我遲早會被你們這種男人氣死！明明就不愛女人卻又打死不肯承認！害我們以爲自己有機會、還傻在那邊期待！我有直接問他喔、問他是不是同志？可是他不講就是不講！你們幹嘛要這樣！」

因爲想要繼續被愛著。

「我恨死你們了！給我愛又不肯被愛，不愛我又不讓我心死！到底圖的是什麼啊？那麼缺一份愛嗎？」

她心碎的丟出這段話，說得連耳根子都紅了，可是我的反應卻是笑，是的，我嘴角漾起了微笑。她其實都知道。

被妳愛好啊。我在心底告訴她：每個男人這輩子都應該被妳這樣強烈的女人愛過才算活過啊。沒有，我們並不缺一份愛，是的，可是我們想要繼續被妳愛著啊。那真的是一種過癮，雖然好像相當自私。

我沒有告訴她這些，我只是輕輕拍著她的肩膀，靜默陪伴。我真的好想保護她，只是這樣保護她。

「欸，來合照。」

「你沒有看到我正在哭嗎！」

「所以我才想要合照啊。」

「你很賤耶！」

她罵著我，可是卻開始笑著擦眼淚。

我們就一直這樣不好嗎？

「這輩子妳讓幾個人看妳哭過？」

「我才不要告訴你！」她倔強的說，然後挑釁的問：「你呢？你這個鐵石心腸的人在幾個人面前哭過？你有哭過嗎？我經常懷疑你其實沒有眼淚。」

我當然有，但是我才不要告訴她。

「我哪裡鐵石心腸了？」

「你資遣掉那麼多員工還不鐵石心腸？」

我就知道不應該告訴她這件事情。

還好我當時有忍住沒告訴她、最近那批我資遣的名單裡其中有一個人，我本來對他有點意思，他是我喜歡的類型，娃娃臉但高個子，他有點陰柔的傾向，而我的同志雷達一向很不算準確。

我當時只是半開玩笑試探過，但他的反應卻讓我有點介意。

「你一定是那種可以面無表情跟對方說出我愛你的人對吧？」

對。

我當時的確面無表情告訴他被資遣的消息，而且我還沒有說那些官腔的抱歉話語。但是我才不要告訴她這些，我只是露出微笑，然後催促她：

「合照啦。」

合照。

「照片傳給我。」

「幹嘛？」

「上傳臉書啊，他們一定又誤會，那畫面光想就好笑。」

「妳很壞耶。」

「我是啊。」

「無聊。」

傳照片。

指著窗外，她說：

「欸，真的下雨了，好大的雨。」

轉頭望著窗外的大雨，以及她的側臉，我腦子裡突然浮現雨後一道彩虹的這個畫面。我的意思是，如果要給此刻的這個畫面取個名字，那麼我會取的是這個。

彩虹。

「不知道會不會有彩虹呢？」

我們異口同聲的問，然後相視而笑。

我們始終好默契。

我們下輩子真的還要再相遇，好嗎？

「妳怎麼看待愛情裡有所遺憾這件事情？」

「現實中沒有不遺憾的愛情，連虛構的愛情小說和戲劇電影都是包含著遺憾的存在，所以，把它當成事實接受就可以。」

「講得眞簡單。」

「要做到也不難，多練習幾遍就上手了。」她笑著說，然後：「而且我想好了，你的新家禮物我要送你一個魚缸，而魚缸裡只有一隻金魚。」

「爲什麼？」

「聽說在國外有這麼個法律：只養一條金魚是犯法的，因爲孤單有罪。而你這個人呢沒血沒淚又鐵石心腸，因此本質上也算是金魚一條，所以我送你一隻金魚剛好跟你配對。這樣你就無罪了。」

我笑了出來，不是面無表情的那種。

我們下輩子眞的還要再相遇，好嗎？

「欸，我們下輩子還要再相遇，然後我們再相愛好了。」

「才不要。」

「喂！」

「明天有婚姻平權的遊行，我陪你去要不要？搞不好我會遇到他喔。」

這女的。她究竟是什麼時候知道的？

我心想，然後笑了出來。

我告訴她：好。

# 第七章　一個魯蛇的告白

那種
我的錯都是別人的錯
的感覺

又被裁員了。

我是知道這幾年很不景氣啦，不過公司還是有賺錢啊，幹嘛拿我們這些基層開刀啊？我的薪水又不多，少我一份是會差到哪裡去？一定都是那個人資主管害的！

我和他在電梯裡碰過幾次面、打了幾次招呼，眞沒想到我就因此被他記住了；他長得還不錯，身材也維持好，總是西裝筆挺的，不過還是看得出來此人肌肉線條練得很優美，雖然整體而言帥氣度是比我還差一點啦，不過以他那年紀來說保養得算是還可以。雖然我其實不知道他幾歲。

那天我們在公司附近的晚餐店碰到所以就一起併桌吃個晚餐瞎聊幾句，想來還眞是滿難得的，我們很少看到他那麼準時下班；他人其實還可以，雖然經常面無表情於是給人一種冷漠無情的感覺，就，那個，哎，精準的形容我是眞的沒辦法啦，反正就是網路上流行說的那種厭世臉啦，雖然他長了一張厭世臉，不過簡短交談一下大概就可以知道他這個人還可以，沒什麼架子，我一向很會看人的，其實人資主任應該我來當才對。

在聊過之後我有點驚訝他居然才大我幾歲而已，那麼年輕怎麼可能就當到這大企業的人資主管？一定是他家裡後台很硬。

因為還滿聊得來啦，再加上可以認識高層主管也不錯，所以我就想啦，那我們交個朋友很好啊，搞不好他就變成我後台咧，而且聽說最近公司會裁員而且還不止一波，再加上我的績效又很差，這一定都是我的單位主管害的，我的主管很機車，我的意思是，遲到嘛有什麼？事假我也都有按規定請啊，那病假的話就沒辦法了嘛，還有我最賭爛的是上班時間滑個手機是怎樣了？大家都在滑啊，只是我可能滑比較久是真的啦。反正都是我主管的錯，都是他機車，是他針對我。

扯遠了。

總之，我和他就這麼聊著聊著變成去附近的酒吧續攤，我記得他問了我一個很奇怪的問題，他問我：有沒有認識二十好幾三十上下、卻還在做基層工作領基層薪水的男人？他好像很好奇這樣的男人該怎麼養家？我聽了之後很不爽，因為我就是這樣的男人。沒辦法啊，工作一個換一個，怎麼換都只有基層工作的機會，薪水怎麼談都只給我那麼一點點。資方都很邪惡的。

不爽歸不爽，不過我還不至於白目到問候他媽媽。

我誠實的告訴他、眼前在下我就是，然後我看到他眼底有一抹笑容或者之類的，我以為他是嘲笑我，結果沒想到他接著卻是關心我：那麼、這樣的薪水我怎麼成家立業呢？

所以就沒辦法成家立業啊，而且也沒有女生願意嫁給我啊。我最近想追的那個高中老師薪水還比我高哩。

我就覺得很心酸啊，所以半開玩笑的告訴他：

「反正我也沒有結婚的打算啊。」

我說。

我發誓我沒有那個意思，可是他自己卻聽到了**那裡**去，他沒說得很明確他反而故意說得很曖昧，可是我聽著聽著還是聽懂了他在暗示自己是同志而且他還想知道我會不會也是？

我眞的不知道爲什麼自己老是吸引到男同志？我有點懷疑是不是因爲我長太帥了？

現在是怎樣？我突然覺得有點生氣：所以我現在是被他把嗎？我很不爽的檢查酒杯，很擔心剛才我去廁所時會不會被他下安眠藥或者之類的。

然後啦，他好像也看出我的不爽，接著很快的把他手中的啤酒喝乾，最後幫我們結帳；結帳時我一直站在他肩膀後面伸長脖子偷看，我很想知道他有沒有報公帳？可是結果他沒有，眞是有意思，我以爲他們這種高層的人都會私報公帳。

我沒有把他是同志的事情講出去，雖然我經常被同事說很白目啦，可是也都在職場混了好幾年，基本的常識也還是具有的，再加上他很狡猾並沒有明示只是暗示得很明確而已，可是我照樣在幾天之後看到自己的名字出現在裁員名單裡。我能說什麼呢？一定都是他害的！

你們知道一年換三個工作有多厲害嗎？那表示起碼得要有三家公司錄取我耶！看我這人多搶手！

嘖，最近眞的很衰，一定是犯小人。

那天呢，我看到國中同學失戀了，好可憐喔她，和男朋友交往那麼久結果卻分手，好像是結婚沒有共識吧？我聽說。

我聽說失戀的女生最好把了，所以我就問候問候她，陪她聊聊天啊什麼什麼的，氣氛還不錯喔其實，雖然她賺得比我多。她是高中老師。

然後啦，我打鐵趁熱的邀她這週末要不要一起開車去哪玩？我可以帶她散散心，反正最近失業了，閒得很。

「是要過夜的那種嗎？」

她好像很驚訝。

不然咧？其實我很想這樣反問她，可是我沒有白目成那樣。

「對啊，那種地方沒辦法當天來回啦。」

然後，天曉得怎麼了？她就開始不回我訊息了。

現在是怎樣？大家都成年了男未婚又女未嫁的，一起去個兩天一夜的行程是怎樣嗎？飯店當然就訂一間啊，而且最好的情況是她跟我分攤住宿費用和車資，男女平等嘛是不是？而且她賺得又比我多。

等一下，難道是她不想跟我睡覺嗎？開我玩笑嗎？她讓我每天陪她聊聊天不就是代表她對我也有意思嗎？那有意思不就代表我們可以先上床再說我愛你嗎？難道不是這樣嗎？好啦，就算不是這樣，但我只是試著問問又沒有強迫她一定要啊，然後她就因此刪我好友也太過分了吧？至不至於那麼氣啊？

女人眞是太勢利眼了，一定是因爲我沒錢才被這樣對待。

管他的，魯蛇萬歲！

# 第八章　那一年，台灣下雪了

那種
好女孩累了
的感覺

我在那一年，變成有點不一樣的人。

從小我就是個乖乖牌女生，學鋼琴，有禮貌，成績好，還經常代表班上參加各種比賽，爸媽放心我，老師喜歡我，同學們也以能夠和我變成朋友為榮，好像那是一種通行證，藉由身為我的好朋友這件事情、通往好女孩的認證。

班上好像有幾個男生在暗戀我，可是實際上並沒有任何一個具體行動過，可能是因為我外表早熟，可能是因為我形象完美以至於他們覺得自己配我不上，這我沒有所謂，因為很快我就被國三的學長追走；我們一起散步上下學，週末會去看電影吃麥當勞，還有幾次學長牽了我的手。

往後回想起這段感情時，我會有點不太能夠確定學長算不算是初戀？或者只是比較聊得來、彼此牽過手的男女生朋友？因為其實我有一點點覺得，他好像才算是我的初戀、具體上來說。

他是我大學密友介紹的男生，職業軍人，相貌端正，身材挺拔，一絲不苟的個性不確定是因為職業還是天生性格；我們在聚會上對彼此一見鍾情，就此淪陷，於是我才知道，長久以來這個大家眼中完美的懂事的乖乖牌女生，性格裡有個致命的缺點：把愛情看得太重。

我的時間開始變成以男朋友爲主：他休假，他回營，他有空，他有事……他他他，如果愛情只是兩個人的事那倒簡單，然而實際情形是：愛情從來就不只是兩個人的事。他有他的軍旅生涯和家人，而我不太喜歡他的家人、但又不至於討厭到要說破的那種程度，至於我則有我的學業和親愛的姐妹們，姐妹們不太喜歡我的時間都以他爲主的這件事情，但是她們也不會說破。

姐妹們的聚會時間變成是以我爲主。

男朋友休假就代表我沒空，於是聚會必須更改日期，這沒問題，戀愛中的女人都這樣，誰不是這樣？她們都理解。她們很願意爲了我一改再改聚會的時間，雖然她們其實也有自己的新生活要忙：社團、打工或戀愛。她們只是有一點點介意聚會時我經常心不在焉，若聊到我自己不是很有興趣的話題，我不但不會配合著聊上幾句，反而還會直接把臉轉開看著遠方想事情。

有件事情我其實一直沒有告訴她們，因爲說了好像會有點傷感情，但我的確眞心認爲：雖然我讀的是心理系，談吐間又好像總是給人一種相當知性的形象，可是眞的眞的，每次每次姐妹們聚會的談話內容都搞得好像是在心理諮商那般正經八百，我覺得很煩很無聊，什麼內心的小孩、什麼提升自己、什麼人生的養分……諸如此類的，無聊死了，還有，明明就只是單純的姐妹聚會，卻有人會預先準備好笑話來講給大家聽，現在是怎樣？把我們當觀眾嗎？

偶爾我也會想要嬉鬧一下、放縱一下的衝動，可是我從來就沒有這樣子的朋友，大家都認爲我這個人就是知書達禮，我覺得好壓抑。我爲什麼非得要是大家眼中的樣子？

我只得往愛情裡靠。

我不是只有熱戀時才這樣，我後來一直都這樣。

我後來發現自己其實是個性格自私又任性的女人，幸好這件事情沒有幾個人知道，因爲我掩飾得很好，我一向很會做表面功夫，而那些少少的親近的知情的姐妹們也不會說出去，她們不想破壞我的完美形象，她們希望我就是她們想要的那樣，就算是假裝的也好。她們太習慣了我就是大家眼中的樣子。

再說，說完美女生壞話只會顯得自己小心眼。

她們不笨。

我依舊是同學眼中的那個完美乖乖牌，待人親切，知書達禮，我沒缺席每一次的同學會，雖然每一次同學會我都是匆忙趕到，也沒錯過每一個人的婚禮，雖然每一次婚禮我都提早退席；我永遠有好多事情好忙，面面俱到很忙的。

完美好忙。

完美小姐後來成功取得教師執照，順利回到高中母校當輔導老師以及兼著上幾堂通識課程，可能是因爲年輕，也可能是因爲親切，我和這群高中生們相處起來完全沒有問題，絕大多數的時候還被他們當成朋友，還有一次，我給他們出了個職場訪問的寒假作業，我希望他們稍微先思考一下往後想從事什麼樣的行業？然後要他們去訪問那些行業裡的人。

有幾個學生表示他們以後想要當作家，而且他們還想要訪問**那個作家**，不過那個作家好像不太好聯絡上的樣子；那個作家剛好是我的國中同學，我和她並不算熟，也幾乎沒有共同的朋友，不過我還是人很好的因此替學生傳了訊息問她方不方便接受學生的訪問？

「她們都很喜歡妳的書喔。」

我記得我在訊息裡還開心的提到這點。

然而，她的反應卻直接了當的拒絕，連個解釋也沒給，彷彿我們曾經同學三年的這情分在她眼中一點也不特別。

有夠做自己。

她拒絕得很乾脆，這讓我感覺到驚訝：原來我們可以直接拒絕別人的請託還不怕傷和氣？這事的確在我心底起了漣漪，不明顯的。

直接了當拒絕對方是什麼感覺？

從不拒絕人的完美小姐過著每個人眼中正確並且穩定的人生，可是心底卻開始慢慢覺得有個什麼不對。我依舊必須以男朋友的時間爲主，可是我們都交往幾年了、卻幾乎沒有聽他提起關於我們未來的規劃，這幾年每參加一次婚禮、我就會在意一次他還沒跟我求婚的這件事情。

我當然確定他是愛我的，我甚至有自信心他找不到比我更好的女生，可是爲什麼呢？我們一直不結婚？我都快被這個問題煩死了，媽媽問，同學問，同事問，連學生都在問，那我呢？抱歉我拉不下臉問，我應該是被搶著娶走的女人，這樣的完美女人怎麼可能自己開口問：你有沒有要娶我？

可是那一年，我問了。

那一年，台灣很多地方都下雪了。

那一年，他沒有順利升遷，於是按照軍中規定他必須退伍，我們之間因此發生了一些變化，但不變的是，我依舊必須以他的時間爲主。爲什麼？我發現我會開始這樣問自己。

那一年，同齡的人像是趕進度似的一個個結了婚，連我的好姐妹也是，對象同樣是交往好久的男友，兩個人開開心心辦了個熱熱鬧鬧的婚禮，婚禮上理所當然由我當伴娘，於是我才發現：我不喜歡當配角；婚禮上我沒接到她刻意丟給我的捧花，我的心底有點不是滋味，我開始厭倦那恆常掛在臉上的親切微笑。

直接了當拒絕對方是什麼感覺？

那一年不太能喝酒的我，在一大票人的同學會裡被慫恿著藉酒壯膽打了電話問男朋友：

「他們問你究竟有沒有要娶我？」

男朋友在手機那頭沉默，而我，則在他們眼中軟弱。

我們在那年年底分手，他的新工作還不穩定，而我的工作則穩定太久了，連「什麼時候換吃妳的喜酒？」這問題都聽太久。

具體的分手原因是我希望結婚而他則覺得自己還沒有準備好，但是我不管，我想結婚而且想要一個令人羨慕的婚禮，並且我希望結婚之後我們要有自己的房子，我不願意和他爸媽還有妹妹同住在一起，可是他卻掛念著爸媽會沒有人照顧，而妹妹顯然又不是個可靠的人選，還有，當然，最大的問題是這幾年已經越漲越高的房價。

我們開始吵架。

「我們應該幾年前就買房子的，我們都交往幾年了！」

那是我第一次對他如此強勢，而他好像很不習慣。

直接了當拒絕對方是什麼感覺？

於是我才知道，在現實面前，愛情永遠只是配角。

我妥協了這麼多年的以他爲主，換來的是我終於發現：我想要的，他給不了。

我恨他嗎？不，我恨的是自己，我恨自己死心眼，我氣自己浪費了最美好的青春，我開始感覺到厭倦，厭倦自己是個乖乖牌女生，而且還是好完美的那一種。

我厭倦了自己臉上親切的微笑。

我有沒有爲自己微笑過？

分手之後我的時間開始多了出來，我覺得自己極度需要姐妹們的陪伴，我終於開始會主動邀約姐妹們的聚會，可是姐妹們能分給我的時間變少了，她們各有各的忙，她們甚至有了自己更好的姐妹，是那種不必以她的時間爲主、聚會時也不會老是心不在焉的那種。

她們甚至含蓄指責我：

「妳總是在需要朋友的時候才來當個朋友。」

我沒有想過自己在她們的眼中居然變成這個樣子，居然只剩下這個樣子。

我怎麼會活得如此挫敗？

///

那個男同學好像想追我的樣子。

男同學娃娃臉高個子，雖然工作很不穩定，可是工作穩定又代表什麼呢？那幾年前男友的工作還眞是夠穩定了，可是然後呢？

我們在臉書上聊了一陣子之後我答應和男同學單獨見個面。

就是在那一杯咖啡的時間裡，我判斷男同學不是個男朋友的料，我甚至連和他變成朋友都不願意。他很輕浮，不至於在肢體上做出吃豆腐的行爲，但確實言語之間聽得出來此人輕浮。只需要一杯咖啡的時間就能夠明白感受出來的那種程度。

我於是拒絕他的晚餐邀約，我在星巴克的門口和他說再見。

原來直接了當拒絕對方是這種感覺。

然而當天晚上我還是接到男同學傳來的訊息，我依舊友好客套的聊上幾句，我很確定前言後語並沒有任何曖昧或暗示，可是男同學卻沒頭沒腦的邀我一起開車出遊，而且目的地還是必須要過夜的那種。

我覺得受到汙辱。

是我搞錯什麼了嗎？我忍不住先這麼自我懷疑，心想會不會是我單方面會錯意？是不是我這幾年來太少和前男友以外的同齡男人接觸所以想太多？懷抱著不想誤會或者被誤會的心情我耐著性子向他確認：

「是要過夜的那種嗎？」

「對啊，那種地方沒辦法當天來回啦。」

現在是把我當成什麼樣的女人是嗎？
不，是他搞錯什麼了。
我很生氣，是的我非常生氣，乾脆直接把男同學封鎖刪除。
就當作是踩到狗屎好了。在一個人的房間裡，我氣得這樣大吼。

／／／

情場失意賭場得意，這麼比喻好像不是很恰當，不過總之大概就是這麼一回事。
隔年我被推派爲輔導主任，年紀輕輕就當上高中的輔導主任聽起來好像相當拉風的樣子，不過實際情形是我們的輔導主任退休了，而其他資深的輔導老師們都不想接這個缺，於是最資淺的我便被推派出去接任；雖然有職務加給沒錯，可是相對要負責的事情變得好多，眞是不划算，難怪他們都不要接任，但是想想算了，反正剛好我的時間多出很多。

再說年紀輕輕就當上輔導主任感覺很風光的樣子。

新的職位讓我必須要辦場演講，可是想來想去實在找不到人選，我的人脈不多是原因，學校預算的車馬費不高更是巧婦難為無米之炊，在被許多知名人士婉轉拒絕（絕大多數還直接忽視我的邀請信件）之後，我鼓起勇氣問作家同學；她在學生裡的知名度夠高，而且我們同住在一座城市裡，她應該會賣我面子吧？

我心底是這麼盤算的，然而結果她卻還是拒絕。

「我因爲口條不好所以不接演講。」

我知道，所以我也先想好了，我告訴她：

「我有想到可能是因爲這樣所以妳幾乎不接演講，那如果是換成我跟妳在台上對談呢？」

我沒想到她的反應是直接打電話給我，電話裡她不似文字往來的冰冷，電話裡她哈哈大笑著說：

「同學，妳看不出來那是客套的拒絕嗎？妳還眞直接說：對，我知道妳口條不好，所以我可以跟妳對談？我爲什麼要跟妳對談？妳都不怕得罪人是嗎？」

我覺得好冏，趕緊拚命道歉，我眞的不知道這話在對方聽來會變成是種貶低。我沒有任何故意貶低的意味。

然而她的反應還是笑，她笑著繼續說：

「沒關係啦，人一旦熟了之後講話就會比較不顧忌也失分寸。」

是啊，這不就是我和姐妹們之所以會決裂的原因嗎？

我分心想著，然後，是的，她說，她居然接著這麼對我說：

「可是我們好像也不算熟耶？」

我被冏到不知所措，我沒遇過這麼直接的人，並且，對，我們的確是不熟。

而且我居然還是個心理系研究所畢業的輔導主任呢。

好冏。

「手機截圖這功能太可怕了，所以我才不回訊息而是直接打電話給妳，這些話我才不要留下文字畫面哩。」

她依舊笑嘻嘻的解釋，而我則開始混亂：她的話語聽起來像是被冒犯可是她的聲音她的態度卻又好像並不在意這件事情。我好混亂。

接著幾句話之後，我判定她的確是被冒犯了可是她不在乎，我不是她遇過最白目的人，對，她真的接著這麼對我說，她直接說我白目。可能是因爲我的無心之過然後誠心道歉，可能是畢竟我們同學三年而在這之前學生的職場訪問她就拒絕過我於是過意不去，也可能只是剛好她此刻心情很好，於是她接著推薦我另外一個作家人選。

「他這三年沒寫新作品，不過知名度還是很高，而且是個天生的演講者，只要給他一支麥當風，根本不必事先準備演講稿的那種天生演講者，」然後重點是：「然後重點是，他顏值很高，男女同學們都會很高興坐著看他一講兩個小時的那種高顏值。」

我依舊判斷不出來她這番話是開玩笑還是正經說，總之她接著給我男作家的筆名並且傳來男作家的粉絲專頁，然後，在文字畫面不會被截圖的情況之下，她補充：

「而且你們給的車馬費太少了、這是私下說。不過他人很好，應該不會在乎車馬費。我先幫妳跟他打聲招呼？」

「那就太感謝了。」

我說，然後再一次道謝，眞心誠意的那種。

就這樣，我認識了那個男作家。

的確是高顏值，的確人親切，而且，他居然還小我們三歲，回推算來應該是大學時代就開始寫作並且成名了吧？人外有人、天外有天，我於是具體看見這個事實。

那是一場相當成功的演講。

的確是給他一支麥克風就好的那種天生演講者，他談話風趣也非常擅長和學生們互動，很迷人的一個年輕男生，學生們都被他迷倒，在演講之後搶著跟他合照；這場演講活動辦得比我預期成功太多，我好有面子。

演講之後我邀請男作家晚餐，他親切的答應，我其實事先也邀請作家同學，可是她那天剛好有事。

「好可惜喲，」她在電話裡語氣慵懶的說，「不然人家也好想跟帥哥作家吃飯見面喔。」

她依舊笑嘻嘻的說，而我也依舊判斷不出來她是不是又在開玩笑？難以捉摸的女人，搞不懂。不過我發現我開始比較能夠以輕鬆的姿態面對生活了，不是所謂的做自己，而是比較知道怎麼跟自己相處。

那是一次很有趣的晚餐。

男作家很健談，而且沒有架子，我沒有問他為什麼這幾年不再寫作？我開始知道什麼該說什麼不該說，我開始學會站在對方的立場思考。

「其實我和她也沒見過面。」

男作家在那頓晚餐裡這麼告訴我，而我的反應是驚訝，因為他們聽起來好像很熟的樣子，而且還是熟了好久的那種程度。

「她好像很低調，不怎麼公開露面，」男作家解釋，「不過我們這行業的確是這樣，像是密切合作好久的編輯或作家，但其實可以從來就沒有見過彼此的面，例如可能我的編輯此刻就坐在我們隔壁桌子，可是我們卻完全認不出彼此是誰。」

我忍不住看往隔壁桌子，於是他笑著趕緊解釋：

「這只是個比喻。」

「好。」

我又發囧了。

果眞隔行如隔山，我很難想像和同事互不認識的樣子，我們每天都要見面八小時一週五天，我們甚至連彼此的家人朋友都認識，我連學生的姓名座號都記得清清楚楚。我和他她活得彷彿平行世界。

晚餐之後男作家婉拒我開車送他去高鐵，他說他另外約了這座城市的朋友見面敘舊。

「所以你是因爲這樣才答應接這場演講的嗎？」

我試著也開玩笑的說，而他也爽朗的笑。

「妳們下次見面的時候，請代我問候她。」

「喔，其實我們畢業之後也沒見過面，她連同學會都沒來過。」

男作家一臉驚訝，但只是笑笑。

在話題的最後，我試著這麼問他：

「你是個樂觀的人嗎？」

這問題他想了想，然後說：

「我想就比例上來說，我大概算是個樂觀的人。」然後，他露出了難得的頑皮表情：「妳看我不就樂觀到讓自己從一個完全沒有文學背景的人變成專職作家嗎？」

我笑了起來：

「你覺得樂觀的好處是什麼？」

「樂觀的好處很多，簡單比喻大概就像每天活著一樣，雖然大致都是相同生活的重複，可是總是會發生那些意想不到的事情；例如遇見某個人，或者變成某個人，甚至，變成某個人的誰。

「不過，公道的說，若是可以樂觀的話，也沒有人會想要選擇當個悲觀的人吧？但是悲觀也沒有什麼不好，他們的人生會過得比較安全。」

有道理。

我心想，也這麼告訴他。

截至目前爲止，我的人生不就過得很安全嗎？

我的人生過得太安全了。

那彷彿是個分隔點，我開始學會讓自己活得輕鬆一點，適當時候開個玩笑、讓一切過去，感覺不快被冒犯時就婉轉表示、而不再只是一味吞忍，直到情緒終於爆發；是的，我開始學會這樣面對人生，以及人生裡的那些不確定以及不快樂。

自嘲。

隔年，我看見男作家推出久違的新作品，還辦了簽書會，我和學生們提起這件事情，我們很開心的團購他的新書，還約好一起參加他的簽書會。

在那場熱熱鬧鬧又被眾多書迷圍繞的簽書會裡，我們這些書迷們不會知道**那個女孩**就站在他的身邊而人群外圍還站著他的家人，我們眼底只有這個高顏值的親切男作家，當然。

我們始終活在平行的世界裡。

# 第九章　一個回憶的分享

那種
彷彿回到從前
的感覺

那是我的啤酒時間，晚上十點左右開始，然後慢慢喝到十一點爲止，接著刷牙並且正確使用牙線，然後挑一本書上床讀到睡意來襲，書的種類並不固定，還在寫作的那幾年雖然寫的是愛情小說但是我卻只看犯罪推理小說，而前陣子開始看起歷史書籍，目的純粹只是想要幫助睡眠，我的心理醫師最近告訴我安眠藥可以的話還是不要再吃比較好，所以這一次她幫我改成抗焦慮的藥。

「也有幫助睡眠的作用。」

她解釋。

我很想告訴她、我目前的人生過得相當無聊完全沒有焦慮的問題，如果說有什麼必須煩惱的事情、那大概就只有我想把腹肌從四塊練成八塊吧，還有體脂肪我希望可以一直維持在十三。

不過我還是什麼都沒說的只點頭道謝然後轉身下樓。

不知道是不是因爲這樣，所以我最近睡前改成看枯燥乏味心理分析的書籍幫助睡眠，我還滿喜歡那個心理醫生的，她長相漂亮笑容親切並且非常熱心，完全不介意我只想拿藥卻始終不回答她的問題，連她問我是什麼職業我都騙她目前我暫時失業，而她臉上的表情是並不相信但也不說破；有幾次我曾經想過那麼乾脆拿她當題材寫下一本小說好了，可是總也只是想想而已而沒有眞的去做。

最後寫作的那一年我曾經嚴重到只是打開電腦就會頭暈想吐。

我已經整整三年沒有寫作了。

我在三十歲那一年決定封筆退休，三十歲就退休的人生聽起來好像很爽快的樣子，然而實際情形是我在三十歲之前就已經拚了命的工作十五年，確實是拚了命的工作那種程度；我從十五歲就開始打工，並不是家境不好那方面的問題，純粹只是自己愛玩，國中的時候我交了一些壞朋友，之後我變成一般人所謂的壞朋友，抽菸喝酒打架霸凌這類的，壞事確實是做了不少，但就唯獨毒品不碰，那時候我會單純因爲看對方長相不順眼就動手打人或者被朋友叫去幫忙打人，可是毒品？不曉得，我就是敬謝不敏。

還有詐騙也是。

那時候我有幾個朋友在當車手，因為未成年的罰責比較輕，所以走偏又社會經驗不足的青少年很容易被那種人利用，酬勞聽說相當不錯，但我就是沒被慫恿去做，我不喜歡騙人；我無法解釋為什麼不喜歡詐騙但卻可以接受顧賭場的非法工作，我只是覺得這中間應該有點不同：一個是無辜受騙，一個是自願好賭，好歹高中那三年我再怎麼行為偏差但心底總還是存在著一把尺的。

「可能你本質上是個好人，只是有段時間你自己不知道這件事情而已。」

後來我的一個朋友這麼告訴過我。

她是我的作家朋友，我們年齡相仿也差不多時期出道寫書，不過在寫作上的命運卻截然不同，我的第一本小說就賣好，然後是下一本，再下一本，又下一本……如此這般當起專職作家，也因此拍過廣告，接受訪問，上過熱門談話節目，有幾次我還接到偶像劇的演出邀約。

而她則沉潛幾年，然後才開始出現在排行榜上。

「我其實夢過你幾次，都是惡夢。」有一次，她半開玩笑的說，「可能是潛意識裡的嫉妒吧？明明是同一年寫書出道，但為什麼你卻一開始就好運氣呢？總覺得好嫉妒，所以那幾年對未來感到絕望、認為命運眞是不公平的時候我就會夢到你，典型的壓力夢。」

實際上我還眞是她說了才知道原來我們同一年就寫作出道。

那是無名小站的年代，我們就是這樣認識的，我知道她、她知道我，我們的書曾經在排行榜上打過幾次招呼，然後我認為或許我們也應該打個招呼，就這麼我在她的無名小站打聲招呼，接著因此認識了起來；後來因為工作的關係有過幾次見面的場合但卻始終錯過，最後無名小站熄燈了，然後她加入我的臉書好友，就這麼，我們從無名小站一路認識到臉書時代。

都幾年了？

我們都是從大學時期就開始寫作，而那眞是出版界的輝煌年代、在我們這一代的作家眼中，我們都在那幾年累積不少作品，然後，我不寫了，而她還在寫；她問過我當初為什麼開始寫作的原因，可是她從來沒有問過我，後來為什麼不寫了？

她好幾次建議我真應該把自己的人生故事化改寫成小說：

「從不良少年變成暢銷作家耶你！這難道不是很精采的人生嗎？而且現在的你完全看不出來曾經是個不良少年耶！我認識你的時候就是個奶油小生了喲。」

嗯，她真的直接這樣告訴我。

都幾年前的事了？一直強調不良少年是怎樣？

我從來沒有考慮過她的提議，因為我覺得那很奇怪，我會彆扭，不過有兩次我答應她轉而介紹的校園演講，雖然這三年來我下定決心不再寫作，但是學校的演講還是會接受，可能是因為我喜歡和學生們的互動，也可能是潛意識裡我很希望在我還是他們那年紀的時候有人可以告訴我：人生還有別的選擇。

而那個**年輕女孩**給我的感覺跟她很像，她們都擁有明顯熱愛鼓勵別人的性格特質，一度我還以爲**年輕女孩**是不是她的朋友然後轉而介紹來找我？不過比較認識之後我才知道並不是，原來她們兩個人彼此並不認識，純粹只是碰巧擁有類似的人格特質而已，她們給我的感覺都很像高中籃球校隊的啦啦隊隊長，非常熱情非常開朗非常喜歡鼓勵別人，不過當然這只是我單方面的想像，其實我從來沒有認識過任何啦啦隊隊長，我高中的時候不打籃球只打人。

碰巧。

那天晚上**年輕女孩**傳訊息給我的時間碰巧是我喝掉三分之二左右的金牌啤酒，如果她早一個小時傳訊息給我，那麼我就會只回個禮貌的客套話語拒絕她的邀請；如果她晚一個小時傳訊息給我，那麼我早已經關了電腦躺在床上開始閱讀榮格的心理書籍培養睡意，然後隔天清醒打開電腦看到時回個禮貌的客套話語拒絕；可是她偏偏碰巧在那個時候傳來訊息，那個我心情最鬆懈的時刻，我有提過我這人酒量其實不好一次只能喝一罐金牌啤酒嗎？

碰巧。

無論如何她就是碰巧在那樣的一個時間點傳來訊息，我心情鬆懈，有點無聊，還不想睡，她表明自己的編輯身分，而我知道她任職的那家出版社，早些年在台灣的出版市場都以英美日的翻譯小說爲主流時，那家出版社卻專門只做台灣作家的書籍，一開始大概滿辛苦的吧？新的出版社出版台灣新人作家的書籍，可是慢慢的，漸漸的，他們做出了幾個暢銷作家，然後慢慢的，漸漸的，台灣的出版市場開始起了微妙的變化，他們和他們的台灣作家開始頻繁出現在排行榜上面。

我不認識那家出版社的任何人，我不知道任職於那家出版社的年輕女孩爲什麼突然找上我。

碰巧。

這幾年來我接過不少編輯來信，有的禮貌試探，有的直接提出企劃，而每一個得到的都是我的標準答案：我目前沒有寫作計畫。接著我們會友好的回應幾句，然後就這麼消失在彼此的生活裡，他們會繼續編輯下一本書，而我則繼續過著決心不寫作的無聊生活；其實我是有點高興都消失三年還能夠被編輯們記得，不過絕大多數的時候我是真寧願他們都把我給忘記。

然而這個年輕女孩給我的感覺和那些編輯很不一樣，她好像只是單純想要認識我，她好像認識我很久，她並且對我充滿了好奇；而這對我而言真是很難得的談話經驗：她是第一個和我聊天超過三分鐘卻還沒提起邀稿的出版社編輯。

我有偷偷算過、其實，以前我的總編輯不管聊的是什麼話題都會在三分鐘之內問起我的下一本書或者寫作進度，感覺好像我不是個人而只是個人肉寫作機器。

我們就這麼變成朋友，只是聊天但不見面的那種，在那個時間剛剛好的夜晚，三分之二左右金牌五百cc的時候開始。

她總是在時間剛剛好的晚上傳來訊息給我，然後我們會慢慢的聊天，很放鬆的那種，不用顧忌說了什麼會讓對方介意的話題那種；還有一次，我們話題聊得好像有點太深了。她問我爲什麼不寫作了？

「這三年來妳還眞是第一個這樣問我的人。」

「你的編輯沒問過你？」

「沒有。可能是他不想承認這件事情。」

「所以，爲什麼你突然不寫了？」

「因爲村上春樹是從三十歲開始出道的，所以我就決定三十歲那年退休好了，這樣難道不是很有意境嗎？」

「才不信。」

「因爲最後一本書賣不好所以賭氣不寫了。」

「你少來。」

「因爲沒靈感了，想寫的都寫完了。」

「騙人。」

我突然有種被她鎖定了的感覺。我終於問了這陣子以來一直就很想問她的問題，在這剛剛好的夜晚，我反問她：

「妳以前是我的讀者對不對？」

「對！」

她爽快的承認，然後她告訴我一個回憶的分享：

「而且當我還不是編輯只是個讀者的時候，我們第一次的對話就是問你問題。」

「什麼問題？」

「尋人啓事。」

她告訴我那則尋人啓事，她那時候想找一個人，然後就這麼找到我的無名小站，因爲我在無名小站的文章上寫了那一場簽書會訊息以及行銷的聯絡方式，而她想問的就是我的行銷。

我記得這件事情，也記得結果我的行銷並不是她原本要找的那個人，他們只是剛好同名同姓而已。

「所以，妳後來找到原本要找的那個人了嗎？」

「沒有，但後來我因此變成了出版社編輯，人生的際遇眞微妙，順道一提，你當時的行銷後來離開出版界了。」

這倒不意外，他是個工作態度散漫的行銷，我記得那場簽書會差點被他氣死。我比較意外的是她居然繼續問我：

「所以呢？你爲什麼不寫了？」

相當難纏的女孩，**這個女孩**。

「有這麼一個女孩，」我承認，「她總是讓我很有感覺，她總是可以讓我激發出很多很多的靈感，所有我寫過最好的文字都是從她身上得到的，連我確實交往過的女朋友們都沒能給過我這種感覺，那種捉住瞬間情感然後立刻化爲文字的感覺。

「然後有幾年，我單身，她單身，那時候我曾經想像過我們好像可以在一起，或許我還曾經想像過我們的未來吧、我猜。那時候我們的感覺好像在一起是理所當然，反而沒有交往才是奇怪；可是現實裡我知道我們並不適合在一起，而她也知道這件事，因爲我們曾經嘗試過也努力過，我們退過也讓過，然後我們失敗了，還兩敗俱傷，而終究，我們還是沒有變成彼此對的那個人。所以我把她寫在書裡，一直寫一直寫，直到，我從她身上再也看不到任何東西了。」

「這應該被寫下來。」

「嗯？」

「這個感覺，你剛剛說的那些，就寫這個，這個你從沒寫在書裡的眞實。我覺得好有感覺！」

「妳啦啦隊長啊？」

「什麼啦啦隊長？」

我不想告訴她什麼啦啦隊長。

但是我卻告訴她：
「好，就寫這個。」

／／／

這是個很冒險的決定：從來沒有合作過的出版社，而且她還是個資歷不深的編輯，可是我無所謂這個，我很喜歡她給我的感覺，那種彷彿回到過去的感覺；她身上有種我想要的東西，那種可以讓我瞬間激發出情感並且立刻轉化成爲文字的能量，失而復得的能量。

文字慾。

我很快的寫完了小說的前三章，不打故事大綱的那種，我一向不會預先擬好故事大綱，也不怎麼在乎故事會不會被讀者們喜歡？會不會害怕他們說我變了又或者他們說我怎麼一直都沒變？由討好讀者或者迎合市場取向所創作出來的作品就算是賣得再好我也不會喜歡，而我自己也不喜歡的東西倒是花費時間力氣去寫幹嘛？這是我一直以來的堅持，即使是在空白了三年之後的現在依舊是這樣，還有，我從來不會讓書裡的角色被三個以上的人愛著，最多就是被兩個人同時愛上，我自己也搞不懂這莫名其妙的堅持是怎樣？是不是只有我自己覺得所有人都會剛好愛上他／她的小說主角很無聊？

我的狀況很好，寫得很快，快到我都失去了時間感，過度寫作的結果就是我的腹肌又從六塊變回只剩下四塊，而體脂肪則上升到十五。眞是可惱。

我每寫完一個章節就會寄進度給年輕女孩，因爲她每次都會回信，而且我有偷偷觀察到她每次回信的內容都不一樣，每封回信都相當仔細的回應，這讓我有點期待她會不會有詞窮的那天？

當進度來到第八章的那天，我讓自己停下來休息。我的焦慮症又發作了。

於是我把自己帶出門去看醫生。

這一次我如實的告訴心理醫生我的狀況我的職業以及我的焦慮症，她親切的說了些專業的建議，但同時她好像很想知道作家的生活是怎麼一回事？她假裝若無其事般的問我寫一本書大概要花多久時間？我沒有告訴她答案因爲這事沒有標準答案，我半開玩笑的反問她是不是很想知道作家的收入？而她的反應是笑了起來，我突然有點覺得我們好像開始變成朋友了而不再只是醫病關係，只不過是需要一張健保卡才能夠見面聊天的那種。

我以爲她眞的會問我收入這方面的事情，因爲我也已經偷偷決定好我才不要告訴她，然而她沒有，她接著問的是：

「我一直很好奇，你第一次看的是主任的門診，可是後來爲什麼你固定掛我的診？我今年才升上主治醫生。」

「因爲我不喜歡他的態度，」我坦白的回答，不在乎他們是同事而且搞不好還很熟這方面的事，「那一次他三兩句話就斷定我的身心狀況，然後開離憂和胃藥給我吃。我很確定我的胃沒有問題。」

所以那袋胃藥我從來沒有打開過，但離憂卻害我那整個星期都莫名其妙想要哭泣。

「我不在乎主任和主治醫生的差別，我沒有名醫迷信，可是我很在乎態度，而我喜歡妳的態度。」

她可愛的扮了個鬼臉，然後問我的筆名是什麼？

「我不要告訴妳。」

還是可愛的鬼臉。

「好，那我還是開一樣的藥給你，還有，「還有，生日快樂。」

我驚訝的看著她，而她則是指著電腦螢幕：

「上面有你的基本資料，我猜你大概也沒有生日當天不能看病的迷信吧？」

「我只是忘記今天是幾月幾號而已。」

然後，我學她扮了個鬼臉，希望我的鬼臉扮得和她一樣可愛。

回家之後我打開電腦收信，工作信箱裡有年輕女孩寄來的信件，信件內容是尋常的工作事務，並不急迫的那種，然而，在信的末了，她寫著：

「然後，生日快樂。」

我笑了起來，回信道謝。

然後，第九章。

／／／

完稿之後的編輯階段我猜她大概很想拿橡皮筋射我，因爲她不止一次這麼告訴我：

「我要是不拿橡皮筋射你、我就跟你的姓！實際上我已經開始每天拿橡皮筋射你的書了！」

「改天送妳橡皮筋。」

「順便借我你眉心。」

還押韻咧、這女的。

我不是存心故意激怒她，我只是眞的不懂：

「什麼是ＢＶ？那個精品名牌包嗎？」

「小影片，通常會放在網路書局的書籍資料下面。」

「什麼時候開始作家也要拍影片了？我以爲我們的工作是寫作。我是有個ＢＶ的編織短夾啦，很耐用，都用十年了。」

「你現在是故意轉移話題嗎？」

「欸，要不要順便跟妳聊我的手錶，是——」

「好了，謝謝。我要去射橡皮筋了。」

又或者訪問。

「我不想再接受訪問了，我想我這輩子的採訪配額在那幾年已經被使用完了。」

「雖然您知名度很高，可是現在出版業眞的很不景氣，可以的話還是增加曝光率比較好喲。」

「不好。」

「就一個？其他的都推掉？」

「妳的橡皮筋還夠用嗎？」

「你！」

逗她眞好玩。

「寫雜誌專欄？我不要。」

「曝光率，拜託，他們答應會順便宣傳新書，而且也有稿費喲。」

「稿費多少？我直接給妳好了，不要再拿這件事煩我。」

「我的橡皮筋不夠用了。」

「那我送妳一包，我會挑最漂亮的！」

「你！」

或者：

「在粉絲專頁打書好嗎？每星期兩三次的頻率就好，順道一提的附上書籍連結就可以。」

「不可以。」

「你究竟什麼時候送我橡皮筋！」

但有一次是我想射她橡皮筋。

「早上八點三十車站見？不知道耶，八點三十天亮了嗎？」

「其實六點天就亮了喲。」

她很故意的愉快說，然後好誠意的繼續慫恿我：

「導演都想好腳本了，早上光線好的時候拍外景，下午轉到漂亮的咖啡館拍攝。」

「不要。」

「如果你答應我，我就會說你是全宇宙最帥的男人！」

「少來這套。」

我說，但結果卻還是答應了。

就這麼吵吵鬧鬧橡皮筋射來射去的後製階段過去，新書圓滿發行。

然後是簽書會那天，我和主持人在後台RE稿，而她和工作人員在會場忙碌奔波，「辛苦了、這所有的一切。」本來我決定好簽書會結束之後要當面告訴她以及所有的感謝，但是沒想到最後我還是沒有對她說出這句話。

簽書會進行得很順利，很多很多的老面孔，謝謝他們始終記得我支持我，很多很多的新面孔，謝謝他們還閱讀；簽書會結束之後我和弟弟約好了晚餐，可是我讓弟弟等了一會兒，因爲來的讀者比我們預期的還多，而且結束之後我被一些人留下來說些話，我不知道弟弟什麼時候到的又等了我多久？不過當我等到人潮完全散去終於抽身走向弟弟的時候，我遠遠看見弟弟和她正在愉快聊天，而他們背對著我，所以我都聽到了。

「欸，你哥很機車對吧？」

「嗯，他從小就是。」

然後他們愉快的笑，笑得真是太愉快了。這讓我覺得有一點點惱人。

「沒事的話要不要一起晚餐？」

我突然出聲，而他們嚇了一跳，尤其是她。對，我故意的。

「這、這方便嗎？」

「很方便啊，只是我要確保我眉心的安全。」

「沒問題！但你還是要送我一包橡皮筋。」

我笑了起來：

「請我弟挑好了，他是個畫畫老師，美感非常好。」

「真難得被我哥誇獎，你再講一次好了，我想錄音下來紀念紀念。」

「滾。」

我並沒有任何暗示的意味，只是單純兄弟間的拌嘴而已，可是弟弟卻把這當成是個暗示，非常順勢的接著說：

「我看不如這樣好了，橡皮筋我現在就去挑，晚餐你們去吃就好了。」

後來回想，那好像應該算是我們第一次正式約會，或許就像她曾經說過的：人生的際遇眞微妙；於是我才知道，原來絕大多數的時候，愛情其實已經正在發生，只是當時置身其中的我們，還不知道而已。

# 第十章　四分之一的衝動

那種
愛人比被愛吃虧，但是比較有趣
的感覺

我識趣的退出那個晚餐，但並沒有眞的去幫我哥買橡皮筋，我哥很機車，這是事實，讀者們或許會覺得他很親切健談，但字裡行間卻又隱隱憂鬱，朋友們會覺得他很義氣大方爲人慷慨，而不認識他的人則會覺得他長得很帥，然而眞正和他親近相處的人就會知道他這人是個機車鬼。

我自己去吃鐵板燒，在等待的同時無聊滑著手機，然後，我看見她在臉書上按了好多讚，在週六的夜晚。

「妳無聊了？」

我想著我也好無聊。

「妳一個人嗎？」

我很好奇。

「不如我們一起無聊好嗎？」

我很想要這樣問她，我還想要帶她出去玩，或許就約在週日的午後好了，可是我沒有勇氣說出口，我不確定她是不是想要我的陪伴？很害怕我會得到溫柔但又明確的拒絕；我放下手機，然後開始專心吃一個人的鐵板燒。

回到家裡之後，我又開始打掃房間。我的房間最近變得好乾淨。

我問哥的女朋友那天是如何在人群之中認出我來？我們分明沒見面過，況且我也從來沒有在哥的臉書貼文留下回應，而哥也是；她告訴我那很簡單，當人潮開始集中去排隊的時候，只剩下我獨自站在原地而且還一臉無聊的表情。

「而且你們長得滿像，一看就是兄弟。」

眞是恭維了、她的這句話，我和哥站在同一個畫面裡的確一看就是兄弟，不過嚴格說來我們長得並不很像，輪廓雖然類似，但是我自己知道我沒有哥的那股帥氣。

而且她那天居然問我：

「你是他的哥哥還是弟弟？」

我聽了有點不太高興，我是有點知道自己的外表比實際年齡老成，但。

我因此大概猜到他們口中橡皮筋的前因後果。

我有點想要和她談談**那個女孩**，我心想或許她可以給我一點女生方面的情感建議，可是仔細想想還是作罷，我怕她會跟哥說去，然後哥會很賤的虧我幾句，說不準還把這寫進他的下一本書裡面。

我於是開始自言自語：

「就是直接問她嘛！有沒有男朋友？喜歡的是哪一型？是不是剛好我這一型？」

說得好簡單。搖搖頭，我繼續告訴自己：愛情要是那麼簡單說出口，作家們靠什麼過活？

起身，我走去敲哥的房間：

「要不要幫你打掃房間？」

「你沒看到我正在寫稿嗎？」

「有。你宵夜想吃什麼？烤肉還是滷味？今天我去買好了，不過你要出錢。」

「滾！」

他居然拿橡皮擦丟我！

我持續觀察**那個女孩**的臉書，我看見她去了趟九州玩，還說牛雜鍋非常好吃；我於是打電話問凱哥最近有沒有空？想不想去趟九州旅行？凱哥很乾脆的答應，但是機票旅館還有行程規劃都要我自己安排，而且如果可以的話，連日幣都順便幫他一起換好了。

我聽了之後很想叫凱哥去吃大便，因爲我們兩個人的工作比起來分明是他比較閒，可是結果我說好，就這麼我訂了兩個星期之後的九州旅行，六天五夜，午去晚回，因爲凱哥說他不要早起搭飛機。

牛雜鍋很肥，肥膩到我們兩個大男人吃不完，還跑去7-11買一風堂的泡麵回旅館填肚子；我去了她去過的城市，我吃了她推薦的食物，我開始有點擔心我們好像不適合一起生活，我眞是想太多了，我們根本就還只是朋友，而且還是最普通的那一種。可是愛情裡最好玩的不就是這些腦子裡的小劇場？

不只作家們要過活，編劇們也需要。

她最近迷上韓劇《鬼怪》，還一直說孔劉好帥，我於是跟著也看了起來，可是卻看得只想睡覺。我在第九集時放棄。

轉移一下注意力好了，我想她想得都要頭髮分叉，這樣不行，我轉而偷看前女友她老公的臉書，純粹只是想要了解一下她最後選擇什麼樣的男人而已；我很想知道原本我會過的是什麼樣的生活？在或許確實存在的平行時空裡。

這樣好像有點變態，可是沒有關係，這個祕密只有我和我心愛的貓知道而已，而且貓不會說一大堆道理煩我。

也不會跑去跟我哥告密。

我們從共同的旅行經驗還有韓劇鬼怪作爲話題聊了起來，她又說了一次孔劉很帥的這件事情，我有爲她忍住沒說可是孔劉下巴很短又眼睛有點大小不一，而且九州無聊透了，只有紫藤花還不錯看。我們聊得還算愉快，然後互道晚安。

隔天起床之後我逐字推敲前一晚的聊天訊息，我想確定自己有沒有會錯意或表錯情？

「你幹嘛不直接問她呢？」

我又開始自言自語，同時在心底又氣了自己一次。

我覺得她應該是有點喜歡我的，還會經常跟我分享日常生活有幾次還說了放在心底的話，還有一次她甚至告訴我：

「我眞的很高興可以認識你。」

可是她卻從來沒有問過我：你有沒有女朋友？喜歡的是哪一型？很高興認識我是什麼意思？很高興認識我這個朋友？還是我們可以開始變成情人？

我們就這樣一直不前進好嗎？

我好想問她，可是我不敢，同時，又在心底對自己的膽小再一次感覺到生氣。

等一下我可能又會跑去廚房切洋蔥了。

我走到哥的房間去問他：

「明天早餐吃洋蔥鮪魚三明治要不要？我來做。」

「我想我最近是吃夠了洋蔥鮪魚三明治。」哥頭也沒轉的說，然後：「我正在跟我女朋友聊天，你沒事做的話去刷廁所好了！」

我跑去廚房切洋蔥。

我還是告訴凱哥我愛上**這個女孩**的事情，我以爲凱哥的反應會是酷酷的只說了聲：喔。因爲通常不管告訴凱哥什麼事情他的反應都只是酷酷的說聲：喔。

可是沒想到結果凱哥居然說要帶我去算命。

「這個算命師很準，我們全家每年都會找她算流年，連買車都要先讓她看過車牌號碼吉祥不吉祥。」

我很驚訝，認識凱哥這麼久，我從來不知道原來他迷信算命。算命師說我和女孩前世有緣，我於是恍然大悟，難怪我從一開始就對她感覺一見如故；算命師接著還說：今生能否結成正果，得看我的磨練，我必須夠堅持才可以。

「那她呢？」

聳聳肩膀，算命師說：

「愛得比較多，註定就是輸。這和前世今生沒有關係，只是物理定律而已。」

我開始想把算命師的手指頭一根根折斷。

我跟自己承認，有時候之所以遲遲不要告白，只是因爲覺得她可能不會愛我。我喜歡自己的誠實，但是開始討厭洋蔥，我聽了幾首傷心的情歌，在只有自己的房間裡。

不只作家和編劇，我們也別忘了詞曲創作和歌手。

這次我沒跑去敲哥哥的房門，因爲他約會去了；我在聽到想要掉眼淚的時候把音樂關掉，然後打電話問凱哥明天晚上要不要一起吃燒肉喝啤酒？

凱哥依舊很爽快的答應我，可是在那晚燒肉啤酒的男人之夜裡，他卻告訴我：他最近交了一個女朋友，而這次，他想要定下來。

「算命師說的？」

「嗯。」

回家之後我又待在廚房切洋蔥。

我哥傳訊息給我：這陣子的早餐他自己出門吃就好。

「嚴格說來那算是午餐，你總是睡到十一點才醒來，然後賴床到十二點才起床。」

我回了訊息給他，純粹因爲寂寞空虛覺得冷，很想找話聊。

可是我的這個找話聊訊息被哥已讀不回。

全世界是不是只剩下我寂寞？

＼＼＼

凱哥宣佈結婚的那天，大家都嚇了一跳，因爲首先，沒有人知道凱哥有女朋友了，然後接著，他們居然才認識兩個月就要結婚？！尤其打擊／傷害大家的是：對方居然還是個年輕貌美的女生？！大家都因此難過到不想活了。

他憑什麼？

「欸，美女與野獸嘛、這。」

不確定是哪個誰在鬧烘烘的喧譁聲中說了這句，於是大家羨慕嫉妒恨的更加喧譁取鬧，對此凱哥的反應是一貫無所謂的聳聳肩膀，酷酷的那種，而至於我則是在心底暗笑著：什麼都不知道嘛你們這些人。

的確大家什麼都不知道，雖然大家從高中開始就是哥兒們一群。

高中時凱哥就長了一副老成樣，於是明明同樣年紀但大家卻習慣喊他一聲哥，凱哥眉毛很濃但瞇瞇眼，頭大脖粗搭配倒三角形的壯碩身材帶有一種猛獸派的味道，這十分剛烈的外表卻偏偏長了一張小巧秀氣的嘴巴，或許就是這樣，凱哥給人的第一印象是害羞內向，抿著嘴時還會有一種奇異的憂鬱感；然而凱哥的女人緣好到連他自己也不理解，女朋友一個換過一個，有次我們只是回家路上順道去吃個牛肉麵，在麵店裡凱哥都能被高中女生搭訕，對，高中女生搭訕的是凱哥而不是我；只是這些戀愛事蹟凱哥從不吹噓也絕口不提；於是大家對於凱哥的印象始終停留在高中時候那個被班花甩掉然後課堂上突然爆哭的痴情凱哥。

痴情個屁。

實際上班花之所以會甩掉凱哥，那是因爲交往之後班花才發現原來凱哥並沒有她以爲的溫柔體貼又事事周全，她連寫個情書都要自己送去撞球場給凱哥，實際上凱哥既不憨厚也不老實，實際上凱哥根本就是個少爺脾氣，只是他剛好外表長得那樣，還狡猾的知道怎麼裝傻／掩飾而已。

實際上我那時候也喜歡過班花，還搶在凱哥之前告白，可是卻被打槍，我永遠記得班花那時告訴我：你長相好看又有好多女生朋友，這會讓女生很沒安全感。你是不是很習慣女生主動向你告白？

我很想告訴班花，我一點也不覺得自己好看，因爲從小就有個外貌個性都太過耀眼的哥哥，大家好像都只看到他的存在，後來，還和凱哥這個戀愛運好到忙不過來的傢伙變成最好的朋友。這讓我一直對自己很沒有自信。

「不，我從來沒有被女生告白過，不過，謝謝妳說我長相好看。」

那時候，我是很想這麼告訴班花的，不過不知怎的，我始終沒有這麼告訴她。

///

凱哥要我當他的伴郎，這不意外，我比較意外的是他居然因此帶我去買了一套很昂貴的西裝送給我。

「我實在很怕你會直接穿牛仔褲來我的婚禮。」

「想太多，我本來是想直接穿睡褲去就好。」

「那我就跟你切八段。」

「切八段咧。」

「好啦，說眞的，你是不是可以考慮去剪個頭髮？看在這套西裝很貴的份上。」

「我頭髮怎麼了嗎？」

「其實我一直很想跟你說，你們兄弟倆長得很像，只是你眞的不要太不修邊幅。」

切八段。凱哥這話很值得我們切八段。

「還有鬍子也刮一刮吧？你下巴又不短，留鬍子掩飾幹嘛？」

「因爲我以爲這樣比較帥。」

「並沒有。」

我叫凱哥去吃大便，但接著還是去了他推薦的髮廊找他指定的設計師剪頭髮。

上課時學生們稱讚我整個人看起來變帥了，我很高興，因爲那個女孩也說我變帥了。

「不過鬍子刮掉的話會更好看喔。」

她接著這麼告訴我，而我的反應是難爲情的笑，然後趕快整理好表情，我告訴學生們下星期我們要畫花，我其實有點想要問她喜歡什麼花呢？可是這樣好像太明顯了，所以我忍住沒有問。

我回家後立刻刮了鬍子。

凱哥結婚的那天、出門前我哥難得熱心的出現在我房間裡。

「你打算就這樣出門？你今天是伴郎耶！」

我不懂：

「我有穿西裝了啊，而且還穿了我最好的一雙皮鞋。」

嘆了口氣，哥說：

「頭髮。」

頭髮怎麼了？

「上星期我有去剪頭髮了啊。」

「眞受不了你。」

哥說，然後動手幫我弄了一個很韓劇男明星的髮型，我請他再示範一次剛剛是怎麼弄頭髮的，可是哥並沒有再示範一次給我看，他反而是很八卦的問我：

「最近喜歡上誰了對不對？」

「沒有。」我很快的否認，然後，立刻又投降：「對啦。」

然後我們就這麼站著聊了聊，然後哥告訴我，到時候可以說的話。

「你重複一遍給我聽。」

「我有記起來啦。」

「你下星期要是沒講，我就去你們畫室堵她。」

「你不要鬧喔！」

「好啦，你快遲到了。」哥從背後推了我一把，推得還有點太大力了，「幫我祝福凱哥。」

哥說，然後往我西裝口袋裡放了個紅包：

「不好意思我今天有事沒辦法去。」

「沒關係，反正你們結婚的時候凱哥應該也不會想去。」

「滾。」

眞爽。

凱哥的婚禮很美好，新人們看起來非常幸福快樂的樣子，尤其是凱哥的媽媽看起來甚至比新娘還快樂，她那個浪蕩的兒子終於願意定下來，她心底最大的石頭放下了。

雖然我的身分是伴郎，但我還是習慣站在人群的外圍，我想起上一次這樣的畫面是在哥的簽書會場合，而下一次會不會是哥他們的結婚典禮呢？他們感情的進展令人跌破眼鏡的穩定，我好驚訝那個女編輯居然受得了我哥的機車。我很謝謝她讓哥找回了從前的自己。

願意相信愛情的那個自己。

在送客的末了，我和凱哥拍了張合照，照片拍得很好，好到被朋友們開玩笑說我們比較像是這婚禮的新郎和新娘，我和凱哥異口同聲叫他們去吃大便。

回家之後我看到這些混帳們居然把合照上傳臉書tag我和凱哥，甚至還亂開玩笑寫著要幸福喔的這四個字。我根本連理都懶得理。

可是在照片被上傳的三個小時之後，我看見那個女孩在那張照片底下回應留言：你穿西裝很帥。

我樂得差點內傷，還有點考慮下星期上課要不要乾脆穿西裝去好了。

我沒穿西裝去上課，那太詭異了，我還是穿一貫的襯衫牛仔褲，不過我帶了一束很華麗的玫瑰花去，玫瑰花是未來的大嫂幫我選的，她說他們出版社有認識的花店。哥可能沒告訴她這束玫瑰花是畫畫的教材，所以她幫我選了一束很美但非常難畫的華麗玫瑰花。

太過華麗的玫瑰花得到學生們一片哀嚎：

「這也太難畫了吧、老師！」

「可不可以只畫一朵就好啊？」

我告訴他們高興就好，畫畫這件事本來就只是自己高興就好。

果不其然大家畫得都很糟，糟到根本就是災難一場，而她也是。

四分之一的衝動。

我想起哥告訴我的這句話，我想著這句話我看著她畫得很糟但卻依舊認眞的身影，我感覺那時候哥從背後推我一把的力量好像又重現，我忍不住走到教室的外面四處張望：哥沒來。還好我有預先請未來的大嫂今天無論如何都幫我纏住哥哥別讓他離開她視線。

值得信賴的女人。

我走回教室裡，一路看著正在畫畫的學生們。眼前我有三個選擇：

一、告訴她這畫怎麼修改才會比較不糟。

二、告訴她這畫糟到再怎麼修改都沒救了。

三、去指導班上畫最好的那個學生。

然後我選四：

「下課後可以留步一下嗎？」

我悄聲告訴她，而她疑惑的抬頭看著我，然後她說好。

下課後，學生們都走了，就只剩下我和她，四分之一的衝動，我心想。然後，把哥那天告訴我的這句話告訴她：

「因爲不知道怎麼處理，所以這束花送給妳。」

「咦？」

管他的！我接著說了這四個月來一直就想問她的話，沒有鋪陳、單刀直入的那種：

「我喜歡妳，妳有男朋友嗎？」

說完，我有後悔了四分之一秒，因爲我居然忘記問她：我是不是妳的理想型？

可惡！我昨天晚上明明就有預先練習過的。

才想著要不要趕快再補充問她的時候，我聽見她說：

「把雙手放在我可以看到的地方。」

對，她眞的這麼說。我不太明白她這話什麼意思，但我還是乖乖照做。
「沒有，我沒有男朋友，但你不是有嗎？」
「吭？」
「呃，我一直以爲你是男同志，因爲那個……你給人一種陰柔的感覺，然後上週六你的臉書又放那張合照，朋友們都很祝福，我以爲那是出櫃的意思。」
「我才——」
「手不要亂動！放在我可以看見的地方！」
我把雙手重新放回桌上，然後氣到笑出來。
那群混帳！
幾乎是一鼓作氣的、她說：
「好，我也有一點點喜歡你，可是我不知道我是不是你的理想型，也不知道原來你喜歡的是女生。好，我知道我完全沒有畫畫的才能，可是我想學會畫貓，我的貓。」

「我也養貓耶！妳的貓叫什麼名字？」

「妹妹。」

我們就著這話題開始放鬆的閒聊，聊著聊著，她坦白：

「我根本就不想要畫花，而且這束花眞的太難了，不過，謝謝你的花，看起來好像很貴的樣子。你幾歲？」

好個突然的問題，不過我還是告訴她，然後問：

「妳怎麼會這時間來上課？在這週四的下午？」

「我是護士，在大醫院的小兒科病房，我們是排班制，所以我固定星期四排休假。沒想到原來我們居然同年紀耶，你看起來比較老。」

「我可以假裝沒聽到最後那句話。」

然後她嘰咕笑，笑得有點可惡，但可惡得可愛。

「再這樣聊下去好像會擔誤到職員整理教室，不如我請妳喝咖啡好嗎？我是說如果妳今天沒事的話。」

「我今天沒事。」她開朗的說，然後提議：「不如我請你吧？當作是謝謝這束花。」

「沒問題。」

我有點想要問她、這樣算不算是約會？不過我始終沒有問她這個問題，我只是有點懊惱：早知道就早一點告白好了。

眞蠢，平白無故煩惱那麼久，還因此吃了難吃的牛雜鍋。

在我們交往周年的那一天，我畫了她的貓送給她，因爲儘管我教了她很多次，但她始終沒有學會畫貓，她果眞是完全沒有畫畫的才能呢。

# 第十一章

# 時間是往前的

# 第十二章　而你，是一切的開始

那種
知道妳過得好，就好
的感覺

「我四點要上班，在這之前能檢查完嗎？如果來不及的話，我改天再來也可以。」

經過走廊的時候，我聽見那個女人問研究生這個問題，她懷裡抱著一隻病懨懨的白色波斯貓，貓看起來有點年紀了；她掛的是學姐的預約門診，因此我判斷貓應該是心臟的問題，我想告訴她四點之前一定來不及，因爲我才剛從X光室離開，牆上的等候名單還一大串，我還想告訴她或許改天再來好了，學姐後天也有門診。

可是我沒有告訴她，因爲我自己也很忙，有個突然安插進來的手術正在等著我。如今我也有自己的門診了。

「四點前應該來得及，請妳再稍等一下。」

我聽見那個研究生這麼回答她，我因此在心底嘟囔了幾句，不過我依舊只是沉默著往前走而已。我今天大概又要加班了。

一個小時前有個女孩帶了一隻英國鬥牛犬來看我的門診，光是聽她的敘述我就判斷應該是結石問題，但是爲了保險起見，我還是幫狗安排了X光檢查，果眞就是尿道結石沒錯，所幸結石的位置是在尿道而非膀胱，如果結石的位置是在膀胱的話手術困難度會提高，尤其又是這種短鼻子的狗，牠們麻醉的風險比一般的狗還要高，因爲呼吸道短。

「只是個小手術而已，而且牠又是公狗，不像母狗的尿道是在腹腔裡，所以手術會更簡單，妳不用太擔心。」

我安慰那個女孩，但她還是立刻擔心的大哭出聲，是那種——對，我正在哭，但是我也不在乎了——的乾脆哭法，這哭法讓我想起幾年前我還是研究生時遇見的**那個女孩**，那個女孩養的也是英國鬥牛犬，或許是因爲這樣所以我改變原本要請她明天再帶狗過來動手術的念頭，轉而告訴她：

「我今天下午就幫牠安排手術，因爲手術需要時間，所以妳可以先離開，不必待在這裡乾等。」

「好。」

她邊哭邊說。

她眞的好像**那個女孩**，不是外表那方面的像，而是感覺，給我的感覺。

我繼續安撫她：

「手術結束之後我會打電話通知妳，妳可以過來看牠，不過我是不建議這樣，因爲牠手術後會吊著點滴，一般人好像都覺得那個畫面有點可怕。」

「聽起來是滿可怕的，可是我會過來看牠。」

「好，術後牠必須住院觀察傷口情形，時間大概是三天到七天，這要看牠的復原狀態決定，」我看了一下病歷：「牠才三歲，還年經，應該會復原得很快。」

「其實我不確定牠幾歲？牠是我領養的狗，前一個主人告訴我那時候牠大概一歲半，可是他也不確定，因爲他也是領養的，而我是牠的第三個主人，所以塡寫病歷表的時候我也只是寫個大概。」

我想告訴她這沒有關係，因爲這眞的只是個小手術，而且狗看起來被照顧得很健康，又一臉溫馴的乖巧模樣；我還想告訴她幾年前我遇過一個感覺和她好像的女孩，女孩也是養英鬥，可是她的英鬥脾氣非常差，她那時候還提醒我要小心會被咬，她說她有責任保護我的安全。

我這是怎麼了？怎麼突然的好想跟她聊這些？

我趕緊整理思緒，然後告訴她我會打電話給她。

「好。」

她開始擦眼淚，然後起身道謝。

離開。

手術進行順利，氣體麻醉，取出結石，縫合傷口，然後送去觀察室等待狗從麻醉狀態恢復清醒；從恢復室走出來的時候我在長廊上看到那個女人和貓還在等著，低頭看了一眼手錶：四點了。

「妳來不及上班了。」

這次我停下腳步，然後這麼告訴她，而她露出苦笑，但表情友善：

「我那時候有看到你，早知道就掛你的門診。你換衣服了？動手術嗎？」

「欸，刷手服。」

「我知道，我是護士。刷手服之所以是綠色是爲了對比血液的紅，我男朋友告訴我的。」

唔，我還眞沒想過這個問題。我告訴她：

「妳的貓很可愛，牠叫什麼名字？」

「妹妹。」

「妹妹的主人？」

剛好研究生此刻打開病房的門，於是我們相互點頭致意，轉頭時我瞪了那個研究生一眼，不過他大概不知道爲什麼被我瞪。我決定今天晚上要傳訊跟學姐講他壞話。

我走回自己的診間，好累，還有幾個候診名單，不過我還是先打電話給那個女孩：

「手術很順利，狗正在等待退麻醉，妳可以來看牠，可是我們醫院只開放到五點喔。」

「好，我十分鐘後到。」

「妳住附近？」

「沒有，可是我一直在附近走來走去，我很焦慮。」

我笑了起來。是不是因爲她們講話的語調很像？

「妳到的時候跟櫃檯小姐說要找我就可以，妳記得我的名字吧？」

「我記得。」

「好，但妳可能要再等一下，我還有病患，所以妳也不用馬上過來。」

「好。」她說，然後道謝，「謝謝你，你眞的是一個好醫生！」

你眞是一個好醫生。

幾年前那個女孩也曾經這麼告訴過我。嚴格說來她並不是親口告訴我，而是在訊息裡留下這句話，這是她傳給我的第一個訊息：你以後會是個好醫生。

我們最後一次見面是她第二次帶狗來醫院，我們唯一一次通電話是我打電話問她而她在電話裡痛徹心扉的哭泣；這幾年來我們始終保持著淡淡的聯繫，我們看著彼此的臉書動態，偶爾在訊息裡聊聊天，我告訴她我畢業了我當替代役了，她說如果遇到機車的上司可以跟她說，這方面她有人脈。我沒遇到機車的上司。

她告訴我她還是沒有辦法決定要不要再養一隻狗，因爲她還是想要養英國鬥牛犬，可是她很怕會再傷心一次。這種狗的確不好照顧。

她後來始終沒再養狗。

她每年都會祝我生日快樂，有幾次是在訊息裡留下這簡簡單單四個字，有幾次是在閒聊的末了加上一句：然後，生日快樂。

她三年前結婚了，嫁給那個很有名的畫家，她問了我的地址，她說想要寄一盒喜餅給我。

我祝福他們白頭偕老，由衷的祝福。然後我問她：紅包該寄去哪裡給她？

「不收紅包。」她堅持，「我是這樣認爲的：發喜餅純粹只是爲了分享喜悅的心意，尤其是你，我最特別的朋友。」

最特別的朋友。

她寄來一盒設計相當精美的喜餅，粉紅色外盒，盒內一層中式一層西式喜餅，非常華麗的包裝，看起來好像很貴的樣子。我當時的女朋友看了之後告訴我：那是貴婦品牌，好多女明星都用這盒喜餅。

「很貴的喜餅，難怪她不在乎紅包。」

女朋友當時說。

我和女朋友在去年分手，因爲女朋友總是埋怨我工作太忙沒有時間陪她。

我們和平分手但分手後不當朋友。

四點半，我推開門喊了那個女孩，我看見她手中拿著一杯星巴克。

「請你喝！」她開朗的說，然後沒頭沒腦：「我買了大杯熱拿鐵但是不加糖，因爲我不知道你喝不喝咖啡，而且糖對身體健康不太好，牛奶本身就有甜度了。」

什麼邏輯？不知道我喝不喝咖啡所以買咖啡請我喝？

我笑了起來。

在帶她走向病房的時候我順道一問：

「對了，手術的時候我發現牠下巴有個結痂，牠是不是被做過聲帶割除手術？」

她突然停了下來，回頭，我看見她正在放聲大哭，依舊很乾脆的那種哭法。

「我不知道，我是牠第三個主人，我——」

「好好好，我只是推測而已啦。」

我趕緊安慰她，還輕拍她的肩膀，動作自然到連我自己都驚訝。

狗恢復得很好，但是一臉不爽，這是當然，傷口會痛，而且又被關在籠子裡吊點滴。

「牠不習慣被關籠。我想我明天帶球來給牠好了，牠最喜歡球球了。」

我告訴她不用等到明天、晚上下班後我就幫她買來給狗，晚上飼主們雖然不能進出醫院，但是我們醫生可以。

「你人好好喔！」

她開心的說，然後拿出手機相當仔細的記下我告訴她的探病時間。

「我明天再買咖啡請你喝好嗎？」

「好，我喝熱拿鐵沒錯，但是要加糖。」

「沒問題！我可以再問你一個問題嗎？」

「請說。」

「牠是不是眞的被做過聲帶割除手術？這眞的讓我很想打人，我想我可以調查出牠的前兩個主人。」

我跟她保證並沒有，那一定只是我的誤判。

我好怕她眞的會去打人。

那天晚上我又在房間裡走來走去，我不知道該不該在臉書上搜尋她的名字，因爲這關係到隱私，而如今我已是獸醫師了。

這種事我只做過一次。

我告訴過自己有些事情一輩子只能做一次。

狗在三天後出院了，恢復很好，一臉開心，是隻相當親人的英國鬥牛犬，人見人愛的那種，雖然牠有個宣稱要打人的女主人。

我連續喝了她三天的熱拿鐵，但我對她依舊一無所知。

我該如何再遇見她呢？

／／／

每年冬天的時候我都會獨自來到這菩薩寺爲的是看看門口的這棵梅花樹，而今年的梅花開得很美。

今年我不再是獨自前往，而是帶著媽媽一起來，媽媽這陣子手會不明原因的顫抖，有時候半夜還會做惡夢喊叫。我很擔心，可是我很怕去醫院。

我怕會是壞消息。

在梅花樹前幫媽媽拍了美好的照片之後，媽媽說她想進去看看。

「好。」

菩薩寺裡也很美，環境清悠，有種能讓心情寧靜的氛圍，這裡的宗教意味不濃，反而是建築的本身吸引不少遊客前來參觀拍照；而菩薩寺裡的工作人員相當親切。

「我們希望這裡不只是給人宗教的感覺，宗教的本身不應該只是教條而已。」

在幾句閒聊之後工作人員如此告訴媽媽，然後建議我們請往樓上參觀：

「不同的角度有不同的視野。」

工作人員說。

於是我們脫了鞋走上二樓，二樓是個道場，宗教意味比較濃厚，我和媽媽都往木箱裡投了錢，然後拿起工作人員爲我們點上的蠟燭向菩薩祈福；白色的蠟燭裝在精美的方形木盒裡，我們沉默的許願，然後向二樓的工作人員道過謝。

我祈禱菩薩保佑媽媽健康平安。

在離開回家的路上，我問媽媽她許了什麼願望？

「我請菩薩讓你趕快結婚生小孩。」

「菩薩也管這個嗎？」

「不知道。還是我帶你去拜月老？」

「不要。」

「你喲。」

---

我們又見面了。

在醫院的走廊上我遠遠看著**那個女孩**牽著她的英國鬥牛犬在大樹旁邊抬腿撒尿，看來狗恢復得相當不錯，果眞是隻被好好照顧著的狗，相當好福氣。

三分鐘之後，我嘴角泛起微笑，因爲她掛的是我的門診。

「櫻桃眼，這種狗常有的毛病，」我告訴她，然後仔細教她如何護理照料，接著我還是忍不住好奇：「妳怎麼不掛林醫師的門診？他是眼科的權威。」

「因爲曾經有個病人告訴我，他沒有名醫迷信，他在乎的是態度。」好個帥氣的回答。

林醫師是個名醫，看診態度也非常親切仔細，所以跟診林醫生的研究生們在系上是出了名的過勞，因爲林醫師的門診每每人滿爲患。

我在心底囉嗦了這一大堆，可是我沒有告訴她這些，因爲我太好奇她爲什麼會提到病人？

「妳是醫生嗎？」

「身心科醫生。」

我嚇了一跳，我以爲身心科醫生都是老男人，可是她看起來卻很年輕。

「實習醫生嗎？」

「主治醫生，但資歷還不夠深。」還有，「還有，你這表情是怎樣？」

「呃……我只是很驚訝身心科醫生在工作之外的私生活裡是個會聲稱要打人的個性。妳後來沒找牠前兩位狗主人的麻煩吧？」

「沒有，而且也不是每個身心科醫生都像我這樣。」她笑了起來，然後快速的說：「你有三秒鐘的逃生時間。」

「嗯？」

「因爲我現在又想打人了。」

我沒有逃跑，我只是看著她笑，而她也沒有眞的打我，她可能只是很愛開玩笑而已。

菩薩眞的也管這個嗎？還是純粹心誠則靈？

「我可以跟妳要張名片嗎？」

她瞬間換上專業的表情：

「失眠？憂鬱？躁鬱？妄想？幻聽？」

「都不是，是我媽媽。」

我告訴她關於媽媽的症狀。

「她是不是性格壓抑？」

「欸，而且她很容易緊張但又很愛忍耐，媽媽早年過得很辛苦，幾乎是咬緊牙關拚命工作養大我們。」

「聽起來有可能是自律神經失調，通常這種性格的人比較容易這樣，」她說，然後猶豫了一下，接著小心翼翼的補充：「不過也有可能是別的原因，當然這要檢查才能確定。」

「好，謝謝妳。」

「不客氣，但這次要換你請我喝咖啡了。這可是我的私人時間耶。」

「而且狗看病還要自費。熱拿鐵不加糖對吧？」

「對，因爲糖對身體健康不好——」

「而且牛奶本身就有甜度了。」

打斷她、我接著說。看來我要開始減糖生活了。

遞了名片給我，她說：

「你有女朋友嗎？我可是不跟別人的男朋友喝咖啡的喔。不過看診沒問題，記得帶你媽媽來找我。」

「我下星期就帶我媽媽去找妳。」然後：「沒有，我沒有女朋友。妳呢？我也不跟別人的女朋友喝咖啡。」

「剛好也沒有，我的異性緣很差，連病患都不怎麼愛上我。」

「那真是太好了！」

「三秒鐘的逃生時間，記得？」

我笑了起來：

「記得，也會一直記住。妳也記得幫狗點眼藥水，平時也可以點人工淚液。」

「好。」

「妳的狗很可愛，而妳也是。」

我很想說，但我不好意思說。

我只說了妳的狗很可愛，在我們第一次對坐著喝咖啡的時候，在下午三點的星巴克裡。那是我們愛情的起點。

—— *The End* ——

# 後記　一份陌生的善意

我一直很想把那段奇妙的緣分寫下來，關於一個陌生的善意，只見過一次面卻從此變成既熟悉卻又陌生的朋友這方面的小說。

因爲職業的關係，我人生中有好多這種朋友或同事，有的只短暫見過一次面，有的連見都沒見過卻這麼合作了好久。想來和你們不也是這樣嗎？

而那段奇妙緣分的男主角一開始就設定了是獸醫生，故事是由一隻英國鬥牛犬展開，然後，他們透過臉書看著對方的日常生活，偶爾想到什麼就私訊聊天，每年都會跟對方說聲生日快樂，儘管他們從此不再見面，生活也只是兩條永遠的水平線。

這故事在我腦子裡擺了很久，因爲那不會是個愛情故事，而橘子似乎是個只寫愛情小說的作家，困住我的是這一點，以及，但是儘管如此卻又卻無論如何都想把它寫下來的念頭。

靈感的來源是個熱心的年輕獸醫師，那時候在養狗經驗還不足、又被混帳老醫生誤診的我眼中，他是個英雄般的存在，感謝他當機立斷排了檢查並且緊急排了手術開刀，但直到現在我還是很難相信：一個資深獸醫怎麼可能覺得連檢查都不做就斷言狗狗尿不出來應該只是發情導致。於是小說的後段主角們一再強調不重視資歷只看態度大概是這原因。想來我這人的確相當愛記恨。

後來男主角的原型變成獸醫系研究生，然後這本不會是愛情小說但又無論如何都想寫下來的靈感開始慢慢產生，然後就此困住我；直到最後終於提筆寫出來，反而因爲是另一位熱心的獸醫系研究生打給我而我卻錯過的電話。

從《寂寞不會》開始，到《然後，生日快樂》，既漫長又短暫。

這依舊是本虛構的小說，無論是人物情節或畫面，如果說有什麼眞實存在的成份，那確實就只剩下謝謝：

謝謝你，研究生。

橘子

橘子作品 30

# 然後，生日快樂

*Happy*

*Birthday*

*,*

*Then ...*

作　　者　橘子
繪　　圖　橘子
總 編 輯　莊宜勳
主　　編　鍾靈

出 版 者　春天出版國際文化有限公司
地　　址　台北市信義路四段458號3樓
電　　話　02-7718-0898
傳　　真　02-7718-2388
E－mail　frank.spring@msa.hinet.net
網　　址　http://www.bookspring.com.tw
部 落 格　http://blog.pixnet.net/bookspring
郵政帳號　19705538
戶　　名　春天出版國際文化有限公司
法律顧問　蕭顯忠律師事務所
出版日期　二〇一七年五月初版
定　　價　260元

總 經 銷　楨德圖書事業有限公司
地　　址　新北市新店區寶興路45巷6弄6號5樓
電　　話　02-8919-3186
傳　　真　02-8914-5524

香港總代理　一代匯集
地　　址　九龍旺角塘尾道64號龍駒企業大廈10 B&D室
電　　話　852-2783-8102
傳　　真　852-2396-0050



ISBN 978-986-94449-9-6　Printed in Taiwan

國家圖書館出版品預行編目(CIP)資料

然後，生日快樂 / 橘子著. -- 初版. -- 臺北市
: 春天出版國際, 2017.05
　面；　公分. -- (橘子作品 ; 30)
ISBN 978-986-94449-9-6(平裝)

857.7　　　　106002967